# 小山勝清小伝・他二編

小山勝樹著

# 目次

# 小山勝清小伝

# 疎開

昭和十九年、第二次大戦の激化により、私たち一家は東京都杉並区方南町から父母の郷里である熊本県球磨郡に疎開することになった。一月、母と私と下の姉二人の四人は一足先に出発して、川村廻りの母の実家に身を寄せた。父の生家は隣村の四浦《ようら》村晴山《はるやま》にあったが、長年留守宅の管理を任せていた一家が引っ越すまではそこには入れず、家が空いて父が到着したのは六月になってからだった。

母と私は、リヤカーを引いて迎えにきてくれた村人に連れられて、一里程離れた晴山の父のもとへ向かった。二人の姉は人吉高女の寄宿舎に入っていたので一緒ではなかった。

父は、上がりかまちに立ち、笑顔で迎えてくれた。

「坊や、随分とたくましくなったじゃないか」

半年ぶりに聞く父の声は懐かしく、その笑顔はまぶしかった。私はみんなから「坊や」と呼ばれていて、「坊や」は自分の別名ではないかと思っていたほどだ。

父は私の顔をしげしげと見詰め、やがてその目は私の足元で止まった。私の草履ばきの足は、一里の道を歩いてきたため、ほこりにまみれていた。

「お父さんの部屋に来なさい」

私はどきっとした。汚れた足を咎められると思ったからである。父は、身だしなみや言葉遣いにはことのほかやかましかった。疎開前、父の書斎に呼び入れられるのは、何か特別のことがある時だけだった。この時はてっきり叱られるのだと思い、慌てて雑巾を探したが見当たらず、仕方なく草履を脱ぎ汚れた足のまま父に従って座敷に入った。

「そこに座って足を出しなさい」

命じられるまま両足を投げ出すと、父は救急袋から小さな薬瓶を取り出した。肩掛け式の救急袋は、戦時下の必携品だった。

父は、私の両足を胡座の上に引っ張り上げた。私は慌てて両手で体を支えた。

「随分と、割れたもんだ、痛かったろう」

私の足の親指の先は、あかぎれのように割れていて、血が滲んでいた。疎開時に履いてきた運動靴は、片道一里半の通学でたちまち履きつぶしてしまった。品不足の戦時下では靴など入手できるはずもなく、私は村の子供たちと同じように草履で過ごしていた。都会育ちの私は、足をするようにして歩くので、道にとび出しているちょっとした石にも蹴つまずき、親指の爪先はたちまち割れてしまった。初めのうちは母が持参していた絆創膏や包帯で治療してもらっていたが、それらはすぐに底をついてしまい、あとはただつまずくたびに痛みに耐えるしかなかった。

「赤チンキだ、ヨードチンキじゃないからしみはしない」

反射的に足を引っ込めると、父は笑いながら言った。

「こんなものじゃ治らないだろうが、消毒にはなる。なあに、そのうち指のほうが強くなるさ。ほら、お父さんの指を触ってごらん、堅いだろう。お父さんも子供の頃、さんざ蹴つまずいたものさ。だから爪まで堅くなって、普通の爪切りでは切れなくなったのだよ」

私は、父が愛用しているやっとこ型の爪切りのことを思い出した。そして、両の手でこねくりまわすように父の爪先を触りながら、父の温もりを感じていた。父は、怖いとか冷たいとかというわけではなかったが、どこか近寄り難い存在であった。小説家という職業柄、父は書斎に篭っていることが多く、仕事中は邪魔はしてはならないというのが我が家の不文律のようなものだったし、また「お父さんは偉い人」というのが母の基本的な教えだったので、子供心にも父を畏怖、畏敬の念でみていたのかもしれない。

疎開して半年、父との再会第一日目のことである。

## 父の年齢

私は昭和十年九月生まれだから、自分に関する出来事は、九月以前だったら昭和の年数から十一を引き、以後だったら十を引けばその時の年齢である。そのくらいのことは何年生まれの人でも自然にやっていることだろうが、他人のこととなれば引いたり足したり「年齢早見表」で計算したりといささか面倒である。

私は、父が晴山に疎開してきた時の年齢は何の計算もしないで即答できる。親のことなのだから当たり前かもしれないが、母や姉たちの場合はそうはいかず、父に限るのである。

父が生家の主となると、旧知の村人たちが入れ替わり訪ねてきた。挨拶だけの人もいれば、話し込んでいく人もあった。なかでも村の長老駒平爺は毎日のようにやってきた。私が学校から帰ってくると、たいていの場合囲炉裏端に胡座をかいていた。父と話していることもあったが、私の帰りを待つかのように、つくねんと一人で座っていることのほうが多かった。私は昔話や謎解きなどで相手をしてくれる駒平爺が好きだった。話はすぐに始まる。その日もそうだった。

「お前の父さんは、いつも臭かろう？」「時々おならはするけど、そんなに臭くないよ」「うんにゃ、始終臭かはずじゃ。父さんに『父さんは始終臭い』と言ってきてみな」

私は早速座敷の父の所へ行き、「お父さんは臭い、始終臭い」と囃すように言った。初めのうちは「そうかい」と笑っていた父は、「くだらぬことを、いつまでも言うもんじゃない」と真顔で怒り出した。その剣幕に私はべそをかいた。ややあって、「駒平爺がそう言ったのかい」。優しい声に戻っていたので、私は頷いた。

「そうさ、お父さんはシジュウクサイ、四十九歳だよ」。父はさも愉快そうに大笑いし、「爺は私の齢を覚えていたか」としんみりと言った。

疎開時の父の年齢が数えで四十九歳だったこと、そしてこの世を去ったのがこちらは満年齢だが六十九歳だったことを、私は生涯忘れることはないだろう。

## 駒平爺

父と駒平爺との付き合いは古い。

大正十四年に刊行された父の処女作『或村の近世史』の序文には、こう記している。

「駒平どん、私は、今、お前を名指して手紙を書きますが、実は、村の人、みんなに宛てた手紙です。お前は、誰も許す村一番の物識りだし、又、隠居した爺さん達を除いては一番な年頭でもあり、郷中でも押しも押されもせぬ有志だ。みんなに代って、この手紙を読んで下され。そして、お前の豊かな空想をまじへて村の人達へ語りついで下さい。

（中略）

さやうなら駒平どん。この本がお前の手に届いたら、私の両親の墓に詣つて、この事をお告げ下さい。」

本文中でも各所に駒平を重要人物として登場させている。

子供の頃の父は、おそらくこの記憶力抜群の駒平から村の出来事やしきたりなど、面白おかしく聞かされていたに違いない。その記憶は長く父の心に残り、ことに子供向けの作品などに生かされた、と私は思っている。

その駒平爺がいつものように囲炉裏端に座って、私を待っていた。私が横に座ると、尻のあたりで握り拳をつくり、その拳を私の鼻先に突き出し、「今年八歳の子供とかけて、何と解く」と、謎をかけてきた。

私が考え込んでいると、駒平爺はしたり顔で拳を開き、「明ければ九歳」と言い、うふふと笑った。私の鼻は、屁の臭いで曲がった。八歳の子供が年が明ければ九歳になるということを、明ければ九歳、即ち「開ければ臭い」にひっかけたのだった。

「屁が出そうになったら、父さんにやってみるかい」

駒平爺はいたずらっぽく言ったが、勿論私には父が信頼する爺の提案であってもそんな勇気はなかった。

## 化け物の正体

父の生家は、明治十年代の半ばに、住居兼医院として建造されたもので、その頃既に六十年は経っていたが郡内から良材を集めたというだけあって、骨組みや建具などはしっかりしていた。医師である祖父が死去した後は跡を継ぐ者がなく、間数を多少縮小したあとは時折身内の者が帰郷した折に逗留するだけで管理は他人任せになっていた。

「この部屋はな、お前の祖父さまが医者をやっていた頃は待合室じゃった」

囲炉裏端の駒平爺がいつものように、私を相手に話し始めた。

「そして、この隣が問題の部屋たい」

口調が妙に変わってきて、背中に冷たいものを感じた。

「その部屋に寝ておると、何が出てきたと思う？　寝ておると天井から黒か髪の毛が垂れてきて、それはだんだん長うなって寝ておる者の胸までくると、今度は赤い顔の若い女が天井に現われてな、その女はえらく美人じゃったげな」

私は悲鳴をあげた。父が現われなかったら、気を失っていたかもしれない。

「駒平爺、そのへんでよかろう、勝樹が怖がるけんな」

「ばってん勝清さん、この家に住むからには本当のことを知っとったほうがよかと思うがな」

私はますます怖くなり、父にしがみついた。

「赤い顔の女が出たというのは昔の話だよ。天井裏を掃除してからは出なくなったから、今はなんの心配もない」

「えっ、じゃあやっぱり本当の話だったの？」

「天井裏からはなあ勝樹しゃん、女の人の肝が出てきたのじゃ。祖父さまはそれを削って薬にしていたらしいと言うことじゃ」

「お祖父さんの薬がよく効くので、そんな噂がたったのだよ」

「そうゆうことにしておきましょうかな、勝清さん」

赤い顔の女の話は、二人の口振りから本当のことに思えたし、後年、私自身もそれに関連したような現象と対面したことがある。

「山にはいろんな化け物、妖怪が住んでいるんだ。いつでも見えるというわけじゃないが、きっと住んでいる。そして、時として人の心の中に現われるんだ。暗闇の中に住んでいるのかもしれないし、人の心の中に住んでいるのかもしれない」

このときは父の言葉を理解できなかったが、ともかく赤い顔の女の話が終わったので胸をなで下ろした。

「ぼくも川村の学校に行ってた頃、化け物の話、聞いたよ」

自分の番がきたと思って、私は自慢げに言った。

「石坂のところに筧があるでしょ、夕方になると裸の化け物が筧の下に座って頭から水を浴び、濡れた長い髪の毛を胸まで垂らしているんだって。みんな怖がっていたよ」

登校の途中に石坂という坂があり、その麓に筧があって水がちょろちょろと流れ落ちていた。歩き疲れた子供にとっては一服するには格好の場所で、この話はここで聞いたのだった。

私の話を聞き終わった父が、突然、大声で笑い始めた。

「その化け物の正体は、お父さんだったんだよ」

再び大笑いしたあと、父が話してくれた。

帰郷していた大正末期のある夏の日のこと、父は人吉から徒歩で帰宅の途中、石坂を下り終えたところにある筧で顔を洗った。顔だけでは物足らず着物の諸肌を脱ぎ、ついにはふんどし一つになって筧の下に胡座をかき、頭から水を浴び始めた。心地よさにうとうとしていると、突然「出たっ！」と言う叫び声とともに二人の農民が鍬を投げ捨て駆けて行った。すでに夕闇が迫っていた。その直後から「石坂には化け物が出る」と言う噂が流れ始め、やがて父の耳にも届いたが、真相は誰にも話さなかったという。

「石坂の化け物が、勝清さんじゃったとは」駒平爺がつぶやいた。

## 嫌いな歌

父は時折ふいと家を出て行き、二、三日留守することがあった。知人を訪ねて、人吉や免田、多良木などへ行っていたらしい。人吉へはバスが通っていたが、免田へは四里近くの道程を歩くしかなかった。帰宅すると、風呂敷包みから新聞紙の束を取り出し、読み耽っていた。知人に貰った数日分の新聞である。我が家にはラジオもなければ新聞もとっていなかったので、貴重な情報源だったに違いない。戦況を伝える記事を読んでは何事かつぶやき、時には暗い顔をして庭先の一点を見詰めていることもあった。

子供の私などは、「日本は勝ち続けている」と学校の先生に教えられていたので、固くそう信じていたが、そうではなかったのだ。

晴山でも若者は既に出征しており、子持ちの壮年にも召集令状が届けられた。村人の誰かが出征する前夜は村人たちが集い、「別れ」といって壮行会を催すが、父は「ご苦労様、武運を祈る、と伝えてくれ」と母に言付け、自らは一度も顔を出さなかった。疎開前の東京では防空演習の先頭に立っていたのに、ここでは出征兵士も送らず悲しげな顔をしているだけの父が、私には不思議に思えた。

「別れ」には、母に連れられて私もよく出席した。焼酎や手造りのどぶろくに酔った村人たちが、声を合わせて歌ったり、面白おかしく踊る姿を私は飽きもせず眺めていた。私は音痴で節はからきし駄目だったが、歌詞のほうは一度聞けば大体は覚えられた。

その夜も「別れ」の帰り道、聞いたばかりの歌を口ずさんでいた。

「ストトン、ストトンと通わせて……ストトン、ストトン」前を歩いていた母が「その歌はお父さんがいちばん嫌いなんだから、お父さんの前では絶対に歌っては駄目よ」と叱った。子供が流行歌を歌うことを許さないことは承知していたが、何故この歌が特別嫌いだったのか長年の疑問だったので、二十年後、最晩年の父に尋ねてみた。「特別な訳はない。ただストトンという言葉の響きが嫌だっただけだ」と、父の答えは単純だった。

## 洪水

七月に入って、梅雨末期の雨が激しくなってきた。父は、明け方から庭に面した座敷から外を眺めていた。庭の端は谷に面していたが低いところを流れているので、普段は流れを見ることはできない。かすかに見える上流の水位がみるみるうちに上昇し始め、やがて対岸の田圃にも溢れ出してきた。

「昔から、大川に三人流れなければ梅雨の雨は止まないといわれている。死者が出るほどの大事にならねばよいが」

大川は川辺川のことで、川筋の人たちはそう呼んでいた。

父の危惧は的中した。濁流が座敷からもはっきりと見えるようになり、桶や竹篭、ついには家具までが踊るように流れてきた。

「岡本の家がやられたに違いない。玉枝、みんなに知らせて、救助に向かうように言いなさい」

雨漏りの箇所に鍋などを据えていた母に向かって、父が叫んだ。

茅葺き屋根はかなり傷んでおり、雨が漏り始めていた。

「岡本さんへは早くから行っているそうです。それより、西村さんが危ないですよ、庭が崩れ始めています」

　ずぶ濡れになった母が、息をせききるように言った。

　晴山には、晴山谷と西谷の二本の谷が流れており、集落の下手で合流して大川に流れ出ていた。岡本家は晴山谷の上流部の低い場所にあったので、村人たちがすぐに駆け付けたが、岩を削って流れる西谷はめったに増水したことがなかったのでみな安心していた。

　父は、雨の中を飛び出していった。玄関前の菜園を抜けると西谷が流れ、対岸が西村家だったが、西谷は急流となり、庭を削っていた。

「このままでは家が危ない。坊や、物干し竿を持ってきなさい」

　竹竿を受け取った父は、棒高跳びの要領で、谷の中程にかすかに顔を出している岩の上に跳び降りた。そして、そこに引っ掛かっていた流木を懸命になって押し流した。庭の崩壊は止まったが、父は激流の中に孤立してしまった。

　駆け付けた数人の村人が、縄を投げて引き上げてくれなかったら、父は増水を続ける流れに足をすくわれ流されていただろう。

## 菊池尽忠の歌

　父の前で流行歌を歌ってならないことは十分承知していたが、国民学校三年生の私にはそうでない歌との区別があまりつかず、だれかが歌っていた歌をつい口ずさみ、叱られてしまうこともあった。

夏休みのある日、庭の草取りをしていた私は、十分に気を付けて歌っていた。

若い血潮の予科練の
七つボタンは桜に錨

人吉で『海軍』が上映されてから主題歌の『若鷲の歌』は、子供たちの間でも流行っていた。座敷の父は黙っていた。聞いてくれているようにも見えた。

若い娘のもんぺの裾にゃ
ノミとシラミが仲良く遊ぶ
ノミが歌えばシラミが踊る
可愛いムシノコ手を叩く

「こらっ、なんと不謹慎なっ」

父の怒り声が飛んできた。私はうっかり替え歌まで歌ってしまったのだ。しばらくはしょんぼりしていたが、草をむしっているうちに、いつの間にか歌い始めていた。川村校に通っていた頃、朝礼のたびに歌わされていた歌なので、今度は大丈夫とばかり、大声を張り上げた。

むらさき霞む鞍岳に

あしたあかねの雲消えて
旭日燦とかがやけば
咲ききわまりて麓べの
菊池の川に影うつす
満山におふ桜花
「坊や、続きを歌えるかい」
父の声は、優しくなっていた。
「この歌を歌えなかったら国賊だって、みんなが言っていました」
疎開したての頃はまったく知らない歌だったが、今は諳じていた。
かをる誉と清き名の
純忠菊池一族が
神と鎮まる宮どころ
ここ城山の土古く
心つつしみぬかづけば
さやかに聞ゆときの声
「菊池一族の歌だったのか」

父は心なしか涙ぐみ、私を縁側に座らせ、菊池一族が朝廷のためにいかに尽くしたか、長々とその歴史を物語ってくれた。

数年前、医師の鳥越謙一氏に送って頂いた資料により、『菊池尽忠の歌』が昭和十八年に選定された熊本県民歌であることを知った。

## 岩どん

夏も終わりに近付いたある日、菜園の手入れをしていた母の前に、一人の男が立った。

「奥様、お久しゅうござりもす」

かすれた声に驚いて、母が見上げると、男は深々と頭を垂れた。深い皺のある顔は、もともと浅黒いのか汚れているのか、黒く底光りがしていた。埃まみれの服に大きめの風呂敷包みが一つ、どう見ても浮浪者のていである。

「奥様は少しもお変わりじゃありもさん」

六十は過ぎていると思われる男は、さも懐かしげに言ったが、母にはまったく見覚えがなかった。

「先生様がおらるれば、岩吉がきたと一言お願いしもす」

母に呼ばれて、けげんな顔の父が出てきた。

「先生様も、ちいともお変わりじゃござりもさん」

「お前、あの岩吉かい、何十年も前にこの村におった岩吉かい」

今度は父のほうが驚きの声をあげた。そして、岩吉と名乗る男を促して居間に上げようとしたが、男は首を振って土間から動こうとしない。仕方なく父も男と相対するように、土間の上がりかまちに腰を下ろした。

「どこでどうしていた」などと、父は興味深げに何かを聞き出そうと話しかけたが、男はそれには答えず、ぼそりと言った。

「医者様は、止めてしまわれたので？」

「えっ、あっ、お前、わしのこと、親父と思っていたのか。親父はとうの昔に死んでしまったよ、わしは息子の勝清だよ。お前が村を去ってから何年経つと思う。もうお前のことを覚えている者もそうはおるまい」

私も母も、二人のやりとりを呆然と眺めていた。

父の顔は、何故か久し振りに生き生きしているように見えた。

岩吉は、父の強い勧めで我が家に住み込むことになった。住み込むといっても、土間の隅に筵を敷いて寝泊まりし、食事をもらうだけで、彼はそれ以上のことは固辞した。

その夜、父は私と母を前にして岩吉の生い立ちを話したが、詳細は覚えていない。私が父の著『或村の近世史』にその生い立ちが記されていることを知ったのは、ずっと後になってからである。

同書「土を慕ふ孤児」によると、岩吉とその兄は銅山勤めの両親が殺され孤児になってしまったので、哀れに思った村人の一人が、兄弟を引き取ることにした。兄が十二、弟の岩吉が八歳だった。兄は村に居着いたが、弟は性格が荒くすぐに銅山に戻ってしまった。十七歳になった弟が兄を引き戻しにやって来たが、兄はすぐに村に逃げ帰った。以来、六、七年の間に三度も弟は村に逃げ帰る兄を銅山に連れて行った。ついに兄は肺を患い、村外れに建てられた隔離小屋で息を引き取った。農夫として静かに生きたい兄と、荒くれ者の坑夫として生きる弟の話である。父は「岩吉はその後十年にもなるが、一度も姿を見せない」とこの章を結んでいる。

父が取材したのは、大正十四年より以前のことである。それから数えても二十年、岩吉の突然の出現に父が驚き、興味を抱いたのも無理はない。なお私が疎開して来た頃、村外れの隔離小屋は朽ちて残っていたが、子供たちは気味悪がって決して近付かなかった。

家の者は、岩吉のことを岩どんと呼ぶようになった。

岩どんは夜明けとともに起き出し、自発的に菜園の仕事をやり、雨の日は終日草履を編んでいた。母が用意する食事は、誰も見ていないときに食べ、屋内にある便所も使わずどこかで済ませた。

二カ月程して岩吉は、前ぶれもなく忽然と消えた。あとには沢山の草履が残されていた。父は黙っていた。山には不思議が一杯あると言っていた父のことだから、岩どんの謎の行動もそれでよかったのだろう。

## 大イチョウ

岩どんと入れ替わるようにして、またまた我が家に珍客がやって来た。方南町時代の家主、伊東老人である。

前触れもない来訪に驚き、父が老人を招じ入れるやいなや、騎馬姿の憲兵が乗り込んできた。

「老人姿の男が来ているはずだ。引き渡して貰いたい。道々尋ねながら追って来たのだから、隠しだてはできない」

馬上の憲兵は、居丈高に言い放った。

騒ぎを聞いて、父が出てきて事情を聞くと、人吉航空隊の前面でスパイ行為をした廉《かど》で連行すると言う。父は、東京からやって来た知人で決して怪しい者ではないと説明したが、憲兵は聞く耳を持たなかった。

「下馬したまえ、わしは今でこそこの片田舎に疎開しているが」

父の剣幕に、憲兵は馬を下りた。

「陸軍省の指示を受け、特別に内部資料も精査して、小説を書き上げた作家である。大陸、海南島へ視察に行ったのもつい最近のことである。わしの言うことが信じられぬのか」

父はそのようなことを、極めて威厳をもって言った。父の言葉は嘘ではなかった。陸軍省の資料によって明石大佐の対露革命工作を描いた『煽動大煽動』は、昭和五年に出版されていたし、十六年には「海軍省派遣文芸慰問団」の一員として、南支・海南島を訪ねていた。

憲兵の態度は改まったが、やがて軍用車が到着すると、

「一応の取り調べは、隊に戻ってせねばなりません」

と、怯える伊東老人を車に乗せ、敬礼をすると馬にまたがった。

遠巻きにしていた村人たちが、少しずつ近寄って来た。

今になって思えば、もしその時、間違って父が敬愛していた革命家の北一輝の名を出していたとしたら、事態は最悪になっていたことだろう。

伊東老人は、その日のうちに戻されて来た。

「小山さんの啖呵の効き目、向こうでも十分でした」

その笑顔から、ひどい扱いは受けていないことが知れた。

「一世一代の芝居でしたよ。警官なら若い頃に随分と渡り合いましたが、今度は憲兵ですからね、冷や汗ものでしたよ」

父もほっとしたように笑い、事の顚末を尋ねた。

伊東老人が人吉に着いたのは昨夕、駅近くで宿をとり、翌朝、弁当代わりに貰った茹でたジャガイモと、宿の人に書いてもらった簡単な地図を携え、風流気分で歩き始めた。石坂にさしかかる頃

には昼になり、ほどよい岩に腰を下ろし、ジャガイモを食べ始めた。崖下の先には川辺川が流れ、同じ視線には台地が広がり、まことに心地よい風景だった。その台地の先に航空隊があろうとは、知る由もなかった。水筒の水を飲むと再び歩き始め、行き交う人ごとに道を尋ねながら晴山に辿り着いた。

一方、対岸の航空隊では、怪しげな男が望遠鏡で窺っているのを監視兵が発見、探知機も反応した、というのである。すぐさま憲兵が探索に出た。男の足取りは、道行く人を尋問するだけですぐに分かった。笑い話のような出来事だが、面子を重んじる軍隊のこと、父の抗議がなかったら、ややこしいことになっていたかも知れない。

私が学校から帰って来ると、伊東老人はようやく床から這い出て父のいる座敷に向かった。ちょうどその時、庭先から駒平爺がやって来て縁側に腰を下ろした。

「見事な大イチョウですなあ」と、伊東老人。

彼方の谷端に一本の大きなイチョウの木がそびえていた。

「あれはメイチョウですばい」と、駒平爺。

「いや、立派な大イチョウです」

「あれは実をつけるから、雄イチョウでなく、雌イチョウ」

笑って聞いていた父は、この大イチョウを描くのが好きだった。

## 送られてきた荷物

伊東老人が、風呂敷包みを取り出した。

「大切な物だから、これだけは直接お渡しした方がよかろうと、こうしてお持ちしたのですがね。なにせ汽車がすごい混みようで、こんな無残なことになってしまいました」

包みの中身は、朱塗りの板の束だった。それが父の書斎に安置されていた仏壇の残骸であることは、私にも分かった。高さ四十センチ程の小形のもので、父はよく乾いた布で磨いていたから、大切にしていた品には違いなかった。たびたび骨董品を持ち帰る父だったから、この仏壇もそのうちの一つだったのかも知れない。

伊東老人には、父は疎開時に荷物の発送を依頼していたが、確かに発送したが貨物便の混乱振りからみて到着はかなり遅れるだろう、という返事だった。家族全員の衣類、写真、書籍、私の気に入りの絵本などがその荷物の中に入っているはずだったが、ついに届くことはなかった。「貨車が爆撃を受けたのだろう」という父の言葉を覚えているから、本土空襲が激化した翌年の春以降までは荷物の到着を待ち侘びていたことになる。

大イチョウの葉が金色に染まった頃、待っていた物とは違う、思いがけない荷物が届いた。緑色の布を張った大きな軍用行李だった。送り主は私の兄、愛国《あいくに》だった。愛国は母の連れ子で、職業軍人として大陸で戦っているはずだった。

行李には、軍服、裏に豹の毛皮を張った外套、軍刀、数冊の手帳、十本ほどの掛け軸などが、整然とびっしりと詰められていた。

父も母も、母の実家に届けられた行李を大急ぎで運んできた母の弟も、押し黙ったままひと品ひと品確かめるように手にとり、畳の上に並べた。父が軍刀の鞘を払うと、柄から三分の一ほどのところにひびが入っていた。母が泣き始めると、父は「戦死はせぬ」と言いながら、刀を納めると、膝の上で拳を握り締めた。

行李が届いてから間もなくして、愛国兄から郵便が届いた。

「戦地の兄さんは、南方へ向かったそうだ」

父が教えてくれた。地名はなく「南方の〇〇方面」とあったという。ひとまず安堵した父母は、改めて荷を解いてあれこれと話し合っていた。父は将校用の立派な軍服を広げ、母に承諾を得るような素振りをした後、袖を通した。東京を出る時に着てきた国民服しか持っていなかった父には、嬉しい贈物だったに違いない。この後数年にわたって、父はこの軍服を愛用していた、というよりはそれ一着の着た切りすずめだった。

戦局は日に日に厳しくなり、なにかにつけ増産、奉仕と、子供たちにまで様々な作業が課せられるようになった。縄ない、ラミーの皮むき、堆肥づくりなど、私は初めての体験をするたびに父や母に報告した。父は「ほう、ほう」と聞いていたが、ドングリ集めとススキの穂集めをやったと報告したときは、頭をかしげた。「ドングリは兵隊さんの食料に、ススキの穂は航空兵の浮き袋にするんだって」と言うと、「ドングリはともかく、ススキの穂が浮き袋になるのかね」と、納得しかねる顔をした。このときの父の疑問を、私はいまだ解けないでいる。

晴山の林道を予科練兵を乗せた軍のトラックが行き来するようになった。伐り出した木材を運ぶためである。「国を守る身で、山師のようなことをするとは」と、父は嘆きながらも、母にお茶の接待をさせ、休みで寄宿舎から帰宅している姉たちには、大豆を炒り予科練兵に持たせるように言い付けた。郁子、香織の姉二人は、炒り豆に毛糸で作った「特攻人形」を添えて手渡していた。

軍服姿の父の外出は頻繁になった。人吉で時局の情報を集めていたのだろう。帰宅するたびに、父の顔は深刻さを増していった。

昭和十九年の暮れ、軍服姿に裏地が豹皮の外套を羽織った父は、行き先も告げずに家を出て行った。

## 出　家

昭和二十年二月末の夕暮れ近くだった。母と二人で山から採ってきた炊き木を庭先で片付けていると、一人の坊さんが入って来た。薄汚れた衣に袈裟をかけ、頭には網代笠を深々と被り、風呂敷包みをぶらさげていた。

私は一瞬目を疑ったが、その坊さんが父であることはすぐに分かった。もちろん母に分からぬはずはなく、思いがけない姿を前にしてちょっとの間立ちすくんだが、「お帰りなさい、配給の焼酎がありますよ」と言って、土間に駆け込んで行った。若い頃より、苦楽を共にというよりは、父の行動に振り回されて並の女房とは違った体験をしてきた母だったが、この時ばかりは適切な言葉が出てこなかったのだろう。もっともこの時節、父の好む焼酎は滅多に手に入らぬ貴重品ではあった。

「わしは、出家した」

座敷に端座した父は、母と私を前に宣言した。

二カ月程前に家を出た父は、その足で熊本県北部の竜門村に向かい、面識のあった村上素道禅師のもとで出家して、法号を素然《そねん》と称したのである。

「お寺に入るのですか?」と母が尋ねた。

「寺などには入らぬ、入るつもりもない。そのうち、時がきたら日本中を歩いて回る。いずれその時がくる」

父はそう言うと、庭先から谷に下り、頭から水を浴びた。

冷水で赤くほてった父の胸板は、肋骨が浮き出ていた。

久し振りの帰宅だったが、父はしばしば外出した。ある時は衣姿で、またある時は軍服姿で。しかし、裏地が豹皮の外套は「熊本に置いてきた」とかで、父の手元にはなかった。

「世の塵と朽ちはてん身も太刀とりて　起てば一角《いっかど》日本男の子は　昭和二十年三月　沙弥素然」の書が郡内の郷土史家高田素次氏宅に残されているというが、氏を尋ねた時の父はどの服装だったのだろうか。

## ケシの花

三月の東京大空襲の報を耳にした時、父は在京の友人や隣組のことを随分と心配し、「いよいよ本土決戦となるのか」とつぶやいた。そういえば学校では、高等科や青年学校の生徒は本土決戦に備えて銃剣術を真剣に学び始めていた。

五月、分散教育が実施され、生徒は学校には行かず、各集落ごとに公会堂や神社などで授業を受けるようになった。

日毎に緊迫度を増していく最中、我が家の菜園の片隅にバラ色の花が数十本、一斉に咲き始めた。ちょうどその折に数日振りに帰宅した父は、その花を見るなりものも言わずに引き抜き始めた。昨年は花が終わり、河童の頭のような実をつけた株を引き抜いていたのを思い出し不思議に思って尋ねると、父は「これはケシの花で、栽培してはいけないのだ。ここは昔、お祖父さんが薬草園にしていた場所で、こぼれ種子が今でも芽を出すのだろう」と答えた。

ケシがどんな薬になるのかその時は尋ねなかったが、「お前の祖父さんは手術の名人じゃった。患者に苦痛を与えたことは一度もない」「時折、谷端で何か造っておいでじゃった」など村人に聞いたことがあるので、今にして思えば、祖父がケシを栽培していたわけが分かるような気がする。

晴山の空は周囲の山に限られて狭いが、その上空にもB－29やグラマン、ロッキードハルソンなどの戦闘機が通過して行くようになった。そしてついには、人吉航空隊が爆撃を受けた。

知り合いが戦死したと聞くたびに、父や母は悲しみ、やがては愛国や他の出征している親戚の者たちの身を案じるのだった。広島、長崎に新型爆弾が投下されたことが報じられた。

「いよいよ旅に出る時がきた。日本中を回るから、当分は帰れぬだろう」

父がそう宣言し、旅支度を始めた二日後、重大発表があるので正午にラジオを聴くように、と役場から通達が回ってきた。

## 敗戦

八月十五日、家には父と私だけがいた。母は朝から食料調達のため、隣村の実家へ出かけていた。郁子、香織の下の姉二人は、前日から友人宅に梨採りに行っていて留守だった。父と二人だけの時間がいつもより重苦しく感じられた。

正午が近付くと、軍服のズボンをはき、上着は手に持ち、私を促して駒平爺の家に向かった。もちろん正午の重大発表を聴くためである。ラジオがある居間には、家の者や近所の者十数人が既に座っており、父は上着を着てその中に加わり、ラジオに向かって正座した。他の人たちも父に倣った。

玉音放送が始まった。ラジオの性能がよくない上に受信状態が悪い山里なので、普段から聞き取りにくかったが、この日の放送はことに判りにくかった。

父は頭を垂れ、堅く握り締めた拳を膝に置いていた。その様子からただならぬことが起こっているのだと子供心にも察せられたが、退屈してきた私は、出口近くに座っていたのを幸いに、そっとその場を抜け出し、谷へ向かった。我が家の下が深みになっていて、子供にとっては格好の水浴び場になっていた。

他の子供たちと水浴びに興じていると、私を呼び戻す父の声がした。最後までラジオを聴かなかったことを責められるのだと思い、私はできるだけ時間を掛け、おそるおそる家に戻った。

座敷の中央に、軍服姿の父が仁王立ちに立っていた。左手には軍刀を引っ提げている。私は立ちすくんだ。

怒りで震えているのか、悲しみで歪んでいるのか、このような父の顔を見たことがなかった。

「日本は、負けてしもうたぞっ」

絞り出すような声だった。

「わしの好きな日本が、負けてしもうた」

父の両の頰に涙が流れた。

父は軍国主義者ではなかった。軍部を題材にした小説や子供向けの戦時物を書いてはいるが、それは文筆家としての仕事としてである。思想右翼の大物といわれる人や軍関係のいわゆる右翼系といわれる人とも交遊はあったが、それはその人たちの思想に共感を持ったからではなく、その人そのものとの付き合いだった。若い頃の労働運動などの経歴からみれば、一時期の父はその反対側にいたといえよう。

その父が、日本が負けた、と怒り泣いた。

「日本を信じて、死んでいった若者たちはどうなる」

そう叫んで、父は軍刀の鞘を払った。

私は、斬られると思った。

「勝清さん」と言って、振りかぶった父の腕を抑えた人がいた。それまで気が付かなかったが、伊六爺だった。彼は父を訪ねてくる村人の一人で、農業移民として渡ったブラジルで成功し、開戦前に帰村していた。

偶然来合わせたのか、父に呼ばれて来たのか分からなかったが、父の背後から現われ出た伊六爺は、一方の手に槍を持ったまま軍服の袖を引っ張った。彼も私が斬られると思ったのだろう。手にしている槍は、我が家の家宝とまでは言えないが、祖父がここに住み着いて医者を開業した折にわざわざ本家から取り寄せた物で、祖父のたった一つの遺品だった。普段は座敷の長押に掛けてあったが、彼は父に持たされたのだろう。

「若者たちは、無駄に死んでいったのか」

父は、絶叫とともに伊六爺の手を払い除け、数歩前に進んで刀を振り下ろした。襖が斜めに斬り裂かれた。

「お前も日本の子だ、父に続けっ」

そう言って父は、軍刀を私に手渡した。

私は渡された刀を振り上げたが、重くて振り下ろすことができずにいた。

「ならば、前へ突き出せ」

後ろから、父の声が飛んできた。

私は命ぜられるままに、思い切り襖を突き刺した。

「そうだ、その意気だ」と、続けて発せられる父の声に押されて、私は何度も襖を突いた。

「今度は槍だ。見本を見せよう」

父は気合いと共に、次から次と槍を繰り出した。私も父に倣った。隣の部屋の襖もたちまち無残な姿になった。障子も何枚か砕かれた。

「伊六爺、村へ出る。付いて来い」

父は槍を小脇に抱え込み、裸足のまま表に飛び出した。刀を持った伊六爺が後に続いた。

一軒一軒に押しかけ、出て来た家の者に槍を構え、「おれにつくか、アメリカにつくか」と、恫喝する父にだれもが恐れ、「もちろん勝清さんにつきもす」と答えた。隣の集落では、槍を向けられて怒った村民が警察に訴えると騒ぐ一幕もあった。

家に引き上げて来た父は座敷に入り、山に向かって端座した。

一方、隣村の実家で敗戦を知った母は、父の気性ではただごとでは済むまいと悟り、リュックを背負うと家路を急いだ。途中で出会った人に「襖も障子も天井も、目茶苦茶になっている」と聞かされると、いっそう足は速くなった。

「勝樹、無事だったかい」

土間にしゃがみ込んでいる私を見て、母は抱き上げ抱き締めた。母の着物は汗でぐっしょりと濡れていた。

母は、斬り裂かれ突き壊された襖や障子を見ても、少しも驚く様子はなかった。子を刺して、夫は自害しているに違いないと思っていた母には、二人の無事な姿を見るだけで十分だったのだ。

## 独立国構想

父は、座敷に篭ったまま、山と対峙していた。座敷の前の廊下を通らなければ便所に行けなかったが、父の前を通り過ぎるのが怖かった。

父がふいと家を出て行ったのは、五、六日経ってからだった。行き先は相変わらず告げなかったが、衣や網代笠など敗戦前に準備していた旅装束は座敷に置いたままだったので、目的は別にあることは分かった。やはりその通りで、四日程して帰って来た。

「もう戦えぬ、お父さん一人じゃどうにもならん」

私を相手に話し始めた父の顔は寂しげで、敗戦の日の面影は見られなかった。

「球磨人吉は山国で、四方を深い山に囲まれている。外に通ずる道は限られている。その道さえ抑えれば孤立、即ち独立できると考えたのだ。幹線の鉄道を破壊する爆薬は駅で貨車一台分手配できたが、共に戦う者が残されていないことが分かった。熊本まで行ってみたが、復員して来る元兵士たちはみな疲れ切っており、その上若くはない」

やがて父は口をつぐんだ。私を相手に語ることに空しさを覚えたからかも知れない。父の相手にしては、私は幼すぎたのだ。

父が球磨人吉の独立という突飛な構想を抱いたことは、その後自らも書いているので事実だろう。

しかし、実現可能を本当に信じていたのだろうか。敗戦の日から数日間、ふる里の山と対峙しているうちに空想が湧き、その空想が実現できるような気がしてきて、行動に走ったのではないだろうか。計画はあるところまでは進んだが、球磨の山を離れるにつれ、空想が妄想だったことに自ら気付いたのではなかろうか。ふる里の山は父の空想を沸き立たせ、多くの物語を書かせ、今度は自らを主人公に仕立ててしまった、そう考えるのが妥当だろう。

ともかく独立国構想は頓挫し、父の戦争も終わった。

## 登校拒否

高原《たかんばる》へ行けば軍需物資が捕り放題、という噂が流れた。高原は人吉航空隊の所在地である。駆け付けた村人たちは、なんらかの品物を持ち帰った。生徒たちまで戦闘帽や布製の鞄などを分捕ってくる始末だった。

「何と言う浅ましい行為だ」

父の憤慨する言葉を聞いて、同級生たちと語らって捕りに行くつもりだった私だが、恐れをなし取り止めた。食料や衣類などの隠匿物資が長いこと出回っていたから、大掛かりな犯行もあったのだろう。

夏休みが終わり、新学期に入ると分散授業は解かれ、生徒たちは本校に通うこととなった。

「学校へは行くな、日本を駄目にした教育など受ける必要はない、勉強はお父さんが教えてやる」

新学期の初日、私は父にそう言い渡された。

父の言葉は絶対で、私は学校に通えなくなってしまった。近くの家に下宿していた先生が、通学させるようにと学校の意向を伝えにきたが、父は拒絶した。校長先生までやって来て、長々と話し込んでいったが、それでも駄目だった。

父の教育、といっても机に向かい合うわけではない。教科書もなければ時間割もない。父が気が向いたときに私を座敷に呼び、話しかけてくるのである。話の内容は、民俗学的なものが多かった。地名や方言の由来を取り上げるときは、文字に書いてくれるので漢字も覚えられた。外出した折に手に入れてきた、『後狩詞記《のちのかりことばのき》』（柳田国男著）の解説が続いたときだけは、神妙に聴いてはいたがまるで理解できなかった。ただ、柳田国男という人が父にとっていかに偉大な存在であったか、ということだけは子供心にも分かった。

父の命令による私の登校拒否は、一年近く続いた。

## 軍神

復員兵の帰還が続き、村も次第に賑やかになってきた。無事な帰還はめでたいことだったが、喜んでばかりはいられなかった。一家の柱ならその日のうちから農作業が待っていたが、そうでない若者には働こうにも仕事がなかったからだ。山村の田畑は狭く、仕事量は限られていた。出征前は山仕事もあり、出稼ぎもできた。しかし今は、戦時中の増産による乱伐で山林は荒廃し、すぐには労力を必要としていないし、出稼ぎの口もかかってこない。戦争という目的を失い、仕事という生き甲斐を失った若者たちは、次第に気力を奪われていき、それは周囲にも影響を及ぼし、村全体を暗くしていった。

今日よりは田畠を守れ軍神《いくさがみ》　鉾も剣も　天におさめて

父がこの歌を詠んだのは、敗戦の翌年、昭和二十一年の正月のことである。

ここでいう軍神は、一つには神社に祀られている神である。時の為政者によって思想操作に利用され、必勝祈願の対象物として動員された神である。

一つには戦争ことに今次大戦で戦死した軍人・兵士である。後年私は、父の持ち物の中に一冊のスクラップブックを見つけた。その表紙には『われ神を見たり』と書いてあり、「勇敢な兵士」の戦死を報じる新聞の切抜きがびっしりと貼られてあった。軍国主義の間違いを盛んに教え込まれていた中学生の私は、戦死した者が神なのか、とやや批判的に尋ねた。「いや違う、戦死した者の心の中の神だ。日本人の心の中に原始から宿っている神だ。だから信仰の対象である神ではない」と父は答え、さらに、敗戦直前に全国を回ろうとしたのは、戦死者の鎮魂のためだけでなく、不運に遭遇してこの世に現出した神に詫びを請うためであった、と続けた。

父自身も「軍神」だったのかも知れない。

## 囲炉裏

熊本市内で職に就いていた長女の直枝と次女の十四子《とよこ》が帰って来て、我が家も賑やかになった。父母や私にとっていちばん嬉しかったのは、直枝の資金提供によって屋根の修理ができ、畳替えができたことである。茅葺き屋根はとうに葺き替え時期を過ぎていたが、五年もの間原稿を書いていない父に金があるはずはなく、一雨ごとに雨漏りがひどくなっていた。麦藁を差し込むだけの応急修理だったが、雨漏りは止んだ。変色し、雨漏りにより傷んでいた畳は、すべて表替えがなり、部屋中を明るくした。

座敷の畳替えをしている最中、父は「ここに囲炉裏をつくる」と言い出し、障子に面した一画を指し示した。

早速、伊六爺の家から餅つき用の石臼を譲り受けてきた。父はその臼に早くから目を付けていたに違いない。臼を運んできた村人が俄か大工になって、父に言われるままに床板を切り、石臼を据え付けた。

「小山さん、この位置じゃ不都合が起きますばい」

隣の集落から通い続けている畳職人が、不平を漏らすような口調で言った。臼を据えた位置では畳二枚切らねばならないから、もう少しずらしたほうがよいと言うのである。

「わしがここがよいと決めたのだ、畳の角でなければ切れぬというわけでもあるまい」

「ばってん、表返しのとき二枚が使えんようになりますばい」

職人としての主張を聞いているうちに、父のこめかみ辺りに青筋が浮かんできた。

「そのままやって下さい」

母が割って入らなかったら、自分の着想に水を差された父が怒り出すのは明らかだった。

父は出来上がった小さな囲炉裏に早速炭火を入れ、にこりと笑った。囲炉裏の横に机を置き、戦後最初の小説もそこで書いた。

## ひひ退治

二月、農地改革が実施された。我が家でも小作に出していた田畑は小作人の所有になり、辛うじて母が耕作していた一枚の田と数枚の畑が残るのみとなった。今日では大した価値もない田畑だが、いくらかでも残っているのは、慣れない手で耕し続けた母の功績と言わなければならない。わずかでも入っていた小作料がなくなったので、食糧不足が深刻になってきた。前年が凶作だった上に耕地が少ない山村では、雑穀すらもやすやすとは手に入らなくなったのだ。

食料のみならず生活必需品すべてが不足していたが、我が家は一時の平和を迎えていた。高女を卒業した三女の郁子は踊りの素質があり、直枝が振り付けした踊りを父の前で披露した。歌は東京時代に専門に習っていた十四子が担当した。

夜になると居間の囲炉裏端に村の若者たちが集い談笑するようになり、しばしば父もその輪に加わった。

そんなある日、「自分たちの手で、芝居をやろうではないか」と父が提案した。みんなその場で賛成した。だれもが何かに飢えていたのだ。

「晴山には、ひひ退治の言い伝えがあるから、それを芝居にしよう。脚本はわしが書くから演出は直枝、音楽は十四子が担当しなさい。配役は、脚本が出来てからでよかろう」

とんとん拍子に話が進み、父は座敷の囲炉裏端で脚本を書き始めた。小説ではなかったが、原稿用紙に書くのは久し振りのことであった。

脚本が書き上がった。題名は、『宮本武蔵ひひ退治』だった。

晴山に伝わっているのは、「岩見重太郎ひひ退治」であったが、なぜか父は宮本武蔵にしてしまったのである。村人たちに多少の混乱はあったが、それほど誇りにしていた言い伝えではなかったので、岩見でも宮本でも構わなかったようだ。

芝居実施の日は、秋の彼岸と決まり、準備が進められた。

晴山は、周辺の平野《ひらの》、広瀬《ひろせ》二集落を併せて一つにまとまっていたので、配役も三集落から選ばれ、公会堂で稽古が始められた。父や姉たちが指導に当たったが、なにせずぶの素人ばかりだから、台詞ひとつ覚えるのも大ごとだった。

筋立てはこうである。

庄屋の家に娘を人身御供に差し出せと、北嶽に棲むひひから白羽の矢が射込まれる。泣く泣く娘を篭に乗せ北嶽に向かおうとする時、宮本武蔵が「あいや村の衆、しばらく待たれ」と現われる。「いずれの方か知らぬが、わけあって山へ登る者、どうぞお通し下されい」「いやならぬ。子細は手前の村にて聞いて参った。北嶽は人里離れた深山とのこと、年古りたる狐もいよう狸もすもう」。それら妖怪を退治してくれようと、武蔵は娘の身代わりを申し出る。夜も更けて、北嶽神社の境内に運び込まれた篭を前に、雄ひひと雌ひひが狂ったように舞い踊る。ひひ舞いである。篭から躍り出た武蔵に「やや、な汝は」と驚くひひ、「驚いたか、化け猿め」と武蔵は見事にひひを退治する。平和が戻った村では、「そろたそろたよ北嶽音頭、踊れ車の輪になって」と『北嶽音頭』を歌いながら村人たちが喜び踊る。そして幕。

我が家の庭先の菜園半分が整地され、舞台と観客席が設けられた。花道付きの舞台は、道板を使って村人たちが造った。道板は、寸法は定かに覚えていないが、幅一尺五寸、長さ二間半ほどの厚板で、家の建築、屋根の葺き替えなどのとき足場として使われる。集落の共有財産で、普段は各家の床下に分散して保管されていた。

芝居のほかに、踊りもいくつか入るので、夜遅くまで下手も上手も稽古に大童だった。日ごとに高まる活気に、敗戦の痛手から一刻も早く立ち直ってもらいたいと願っていた父は、目算が大当たりしてさも満足げだった。

『宮本武蔵ひひ退治』の演出で最も苦心したのは、岩崎青年の雄ひひと郁子の雌ひひが舞う、「ひひ舞い」であった。父が囲炉裏の端を二本の火箸を叩きながらリズムを作ると、十四子がそれを譜面に写し、少し出来たところで今度は直枝が振り付けをして、郁子に舞わせる。それにまた父の意見を入れて、手直しを加える。この繰り返しが何日も続き、一応出来上がったところで、岩崎青年も加わって最終仕上げをする。リズムをとる太鼓は、太鼓踊りを伝統芸能に持つ集落から借りてきた。

『北嶽音頭』は、父が作詞し、十四子が作曲した。

残された問題は、舞台の背景となる書き割りの作成である。折よく、姉たちが熊本で芝居をやっていたときの仲間が訪ねてきた。器用な人で、背景作りを二つ返事で引き受けてくれた。紙は集落で漉いていた梶紙（四浦紙《ようらがみ》）で間に合ったが、それを貼る板をどうするかという段になったとき、父は襖を使えばよいと平然と言った。

建築当時の古い襖は、敗戦の日の騒ぎで至る所壊されていたが、ばらばらにはなっていなかった。外枠を外し、寒冷紗のような上布を剝ぐと、幾重にも重ね貼りした下貼りの和紙が現われた。

「お祖父さんが医者をしていたときの帳簿類だ。お祖父さん本人が書いたものじゃないから、かまやしない」

そう言いながら、父は自らの手でばりばりと下貼りを剝がしていった。あの敗戦の日のことを忘れ去りたかったのかも知れない。

芝居当日は、近隣の村からも見物客がやってきて、大盛況だった。

一回限りの『宮本武蔵ひひ退治』の上演だった。

翌年、「ひひ舞い」だけが北嶽神社の社殿で奉納されたが、途中で社殿の床が抜け、次の年からは取り止めとなった。

近年、北嶽神社の伝統芸能として「ひひ舞い」が奉納され、多くの観光客を集めているとのことであるが、五十年経てば「伝統」と呼んでもよいのだろう。一度観て、往時を偲びたいものである。

## 若者の死

昭和二十二年は亥年だった。その青年が殺される三日前の大晦日に「来年は亥年だから荒れるばい。お互いに気を付けねばならんばい」と言っていたので、私はよく覚えている。

その青年、康二が殺されたのは、一月二日の夜のことである。

「康二が谷尻《たんじり》で刺されたげな」

悲鳴のような声でそう告げ、父親の隼人どんが菜園の端に打ち込んであった杭を引き抜き、駆けて行った。

父は母に晒を用意するように命じ、大きなボール紙の箱から注射器とカンフル注射液を選び出し、谷を二百メートルほど下った県道端の谷尻に急いだ。

我が家の床の間には大きなボール紙の箱が三個置いてあり、中には薬品類がびっしりと詰まっていた。熊本市に住む父の姉、みちが送り込んだ物である。戦争末期、いよいよ熊本も危なくなったと察したみちは、燃やしてしまうよりは役立てたいと、医者をしている息子や娘婿から薬品類を掻き集め、晴山に届けたのである。したがって中身の薬品は医家向けで、種類も様々だった。

康二は、谷尻に最近出来たばかりの一軒家に寝かされていた。

「勝清さん、はよう助けてやって下され。お前さんも医者の息子、なんとかできるじゃろう」

隼人どんが懇願したが、父は首を振り、涙を流した。隼人とは遠縁で、次男の康二は復員以来我が家に毎日のように顔を出し、父も気に入っていた。正義感が強く、街の方から時折やって来ては村の若者を仲間に引き入れようとする、不良グループ「白鷺団」の連中を追っ払っていたが、それが仇になってしまったのだ。

県道脇には束にしたタブの枝葉が山積みにされていた。線香の原料として業者が買い付けたものである。「白鷺団」の一人がその陰から躍り出て、康二の心臓をひと突きに刺したのだった。

直枝が追悼の詩を書き、十四子が曲をつけ、みんなで歌った。

## 煙草

煙草不足は、愛煙家にとっては腹が減るよりも辛いことであったかも知れない。父もそうした愛煙家で、東京時代は机の上に常に百本の「ゴールデンバット」がなければ気が済まず、病気のときでさえ枕元に用意させていた。

戦後は喫煙者数に応じて配給があったが、数日分の本数でしかなかった。街では十本一箱七円の「ピース」が売られていたが、そんな高価なものを買えるはずがなかった。

父は居間の囲炉裏端に座ると、火箸で灰を掻くのが癖のようになっていた。時折、灰の中から煙草の吸い殻が出てくるのである。いつの頃のものか知れず変色しており、たいていは一センチ程で、中身がないものもあった。二センチぐらいのものが出てくると、「おっ」というような顔をしてキセルに詰めた。

訪ねてくる若者たちも煙草を吸う者が多く、彼らの中には「敗戦パイプ」に短く切った巻き煙草を詰めて吸う者もいた。「敗戦パイプ」というのは、金属製の部品数個をネジで組み合わせてキセル状にしたもので、部品が戦闘機のものというのでそう呼ばれていたらしい。ある時、便利だから上げると言って、父にこのパイプを差し出した者がいたが、父は「いらん」と言って怒った顔をした。

代用煙草をつくる者もいた。サド（イタドリ）やタウエイチゴなど様々な葉を刻んで乾燥したものので、見掛けは本物に似ていた。「今度のはよかですばい」と勧められるたびに、父は「そうかい」と言って試すのだったが、もちろん吸える代物ではなかった。

「のぞみ」が配給された。手巻き煙草で刻んだ葉とそれを巻く紙が別々になっていたが、いつも紙のほうが少なかった。紙がなくなると「二宮先生から辞書の紙を貰ってきなさい」と父は私を使いに出すのである。二宮先生は、坂を上った卯在爺の家に下宿していたが、私は二宮先生に会うのが苦痛でならなかった。

二宮先生は若い男の先生で、五年生になった私の担任だったが、学校に通っていない私は習ったことがなかった。先生はしょっちゅう父を訪ねてきて、私を通学させるように説得したが、父はうんとは言わなかった。世間話のときは機嫌がよかったから、父は先生を嫌っているのではない。しかし、先生が「本当は二人に一冊あてしかないのですが」と、新聞紙を折っただけのような教科書を持参したときは、「息子に学校は必要ないと言っているのに、なんで教科書が必要なんですか」と言って、追い返してしまった。

その先生のところへ行って、煙草を巻く紙を貰ってこいと言うのである。英語辞書のインディアンペーパーは薄く、煙草を巻くには最適だったが、父の近くで英語辞書を持っている人は先生以外にいない。高女に通っている姉は持っていたが、いかに父でもそれを取り上げるわけにはいかない。先生は自分でも辞書の紙で煙草を巻いていた。なぜだか父は、そのことを知っていたのだった。情報をいつ集めるのか、村内の出来事は、たいていは知っていた。

母が生まれた隣村には葉タバコ生産農家が多かったが、厳重に管理されていて、一枚の葉も横流しは出来なかった。そんななか母が知り合いの農家から、土がこびりついて出荷出来ない葉タバコを内緒で貰ってきた。父は喜んで、土を落とし、包丁で刻みにかかったが上手くいかない。

「駒平爺のところへ行って、梶紙を裁つ包丁で刻んで貰ってきてくれ、半分やるからと言えば引き受けてくれるさ」

私はまた煙草のことで、使いに出された。

県道を歩いているとき、私は半分以上も残っている吸い殻を拾ったことがある。「小林区や高嶋林業の連中は煙草も贅沢で、半分も吸わないで投げ捨てる」と聞いていたので、その吸い殻なのだろう。小林区は営林署のことでどちらも景気がよかった。私は拾ったとは言えず、囲炉裏にあったと父に渡した。父に分からないはずがなかったが、受け取ったあと軽く笑んだ。

## 『牛使いの少年』

昭和二十二年の秋、座敷から見える大イチョウが黄金色に染まり始めた。父は、飽きもせず眺めていた。やがて葉が散り始め、黒い枝が見えるようになってきた。

そんな時だった。父が原稿を書き始めたのだ。机に向かっている様子から、父が一大決心をしているのが私にも分かった。その頃は私も学校に通っていたが、帰ってくると父はいつも机の前に座り、万年筆を握っていた。なにか呟いては書き、呟いては書き進めるというのが原稿を書くときの父の癖だったが、この時もそうだった。

居間の囲炉裏端に一人で座っていた駒平爺を相手に、私が学校での出来事を話していると、急に父が入って来た。

「牛の鼻に通してある鼻輪は、なんと言ったかな、どうしても思い出せん」

父が爺に尋ねた。

「鼻ぐり、と言うたい」

「そうそう、どう考えても思い出せんじゃったが、これで頭がすっきりした」

そう言いながら父は、いつものように火箸で灰を掻き始め、黒い物を拾い上げた。

「それは煮干しのびんたたい。キセルに詰めても煙は出らんばい。そういえば勝清さんの親父さまも煙草が好きじゃった。碁を打ち始めたらキセルを離さんから、火鉢には赤いコショウ（唐辛子）を炭火の代わりに入れておくと、奥さまが言いおんなさった。碁に夢中になって、煙が出んことに気が付かれんじゃったと、笑っておいでじゃった」

駒平爺が思い出したように話すと、父は目を閉じ、懐かしそうに聞いていた。

原稿はかなり進んだようだが、原稿用紙が切れてしまった。父は、原稿用紙の罫を筆でなぞったものを下敷きにして、梶紙に書き始めたがインキが滲む上にペン先が引っ掛かるので、筆に換えた。

父の原稿が書き上がったのは、学校が冬休みに入っていたから、暮れ近くのことだった。

父に呼ばれて座敷の囲炉裏端に座ると、父はまずお茶をいれ私にすすめた。父は自分がお茶を飲むとき、側に私がいれば必ず私の分もいれてくれていた。

「原稿を読むから、聞いてくれ」

机の上には右上をこよりでとじた原稿が置いてあり、題名は『牛使いの少年』と書かれていた。なお後に同名の小説が単行本として刊行されるが、今机の上にあるのは、短編として書かれたもので、単行本の最初の部分にあたる。

父は読みながら時折筆を入れ、また続けた。読み聞かせてもらうのはこのときが初めてだったが、このあと晴山にいた期間は、一編書き上がるたびに聞かせてくれた。

原稿用紙は、途中から梶紙にかわった。

「どうだ、面白く聞いたか」

読み終えて、父は眼鏡越しに私の顔を見た。私の反響を確かめたかったのだろうが、物語の世界に浸り込んでいた私は、急には返事ができなかった。

父は、梶紙を二枚重ねて封筒を作った。ご飯粒をつぶして貼り合わせるとき、紙がけばだち、なかなか上手くゆかずに苦労していた姿が思い出される。

「自転車を借りてきてくれないか」

父に言われて、私は隼人どんの家へ行き、自転車を借りてきた。並のものより車輪が一回り大きく、かなり古かったが、父はよくこれを借りて出かけていた。

郵便局は三キロほど川上の田代という集落にあった。ここには役場や学校などもあり、村の中心地であった。

投函を終えた父は、風呂敷に包んだ一升瓶を下げて帰ってきた。

「宗像先生に会ったよ、宿直室で焼酎を飲んでいた」

宗像先生は、戦時中は青年学校の先生、今は新制中学の教師で、我が家とは遠縁だった。

父はわざわざ宗像先生を訪ねたに違いない。郵便代金だって持っていたかどうか分からず、ましてや焼酎を買う金などなかったはずだ。初めから先生を当てにして自宅を訪ね、宿直と分かってからそこへ行ったのだろう。父は滅多に無駄な行動はとらぬ人だった。

父は居間の囲炉裏端に座り、湯飲みに焼酎を注ぎお湯をつぎたして、美味しそうに飲み始めた。肴は配給された岩塩だった。思い出したように軍服のポケットに手を突っ込み、小さな紙包みを取り出した。巻き煙草が四、五本包んであったが、これも宗像先生からのものだろう。

「稿料が入ったら砂糖を買おう、人吉へ行ったら手に入るさ」

父は上機嫌だった。甘い物など久しく口にしていない私にまで気を遣い、体をゆっくり揺らしながら楽しい計画を思い描いているふうだった。

「牛使いの話は、実はお母さんに聞いた話なんだ」

母が漬物の鉢を持って囲炉裏端に座ると、父は待っていたように話し始めた。燃える薪の火の先に何かを見ているようだった。

母の父親、円吉祖父さんは本業は農業だったが、牛を使っての運材即ち牛使いや、川の流れで運材する川流しのほか猟などもやっており、ことに牛使いの名人として近在に知られていた。

昭和の初め、民俗学という学問の世界から離れた父は、収入の道を小説に求めた。そして、常々母から聞かされていた円吉祖父さんの話をもとにして少年小説を書き上げ、講談社に持ち込んだ。「少年倶楽部」昭和四年四月号に掲載された『白牛一番牛』がそれである。さらにそれをもとにして、構想を新たにして書いたのが、今回の短編『牛使いの少年』である。

父は牛使いの話を、母からだけでなく、円吉祖父さん本人の口からも聞いていたに違いない。大正の末、父たちが晴山に帰っていた頃、猟帰りの円吉祖父さんが獲物を持ってよく立ち寄ったという。来るときは家の近くで必ず猟銃を撃って合図したそうである。母は肉料理は食べられなかったが父は大好物で、そんな父のために仕留めた兎や山鳥などを料理してくれたというから、話の聞き取り上手の父が祖父の話を聞かなかったはずがない。

『牛使いの少年』は好評で、「少年少女傑作選集」に選ばれた。

また、柳田国男先生を長とした教科書編集委員会から『牛使いの少年』の一部を教科書に載せたいと申し入れがあった。数日考え込んでいた父は、断りの手紙を柳田先生に宛てて出した。

「お父さんは、柳田先生の申し出をお断りしたよ」

作品が選ばれて、初めのうちは喜んでおり、少年の私に対しても、柳田先生に指導を受けていた頃のことを懐かしそうに話していた父だったので、私は意外な感じを受けた。この時の記憶だけか、その後何度も聞かされた話が一緒になったのかも知れないが、先生に破門された理由、破門された身のままで先生の申し入れを受けるわけにはいかない、先生が学問ならともかく小説を認めるはずもない、そのようなことを父は語った。破門された理由を「無礼にも借金を申し入れたから」とか「どてらを着て先生を訪ねるはずがない」とか、記憶違いや思い込みで勝手なことを言う人もあるが、私は父から直接それも何度も聞いているのである。このことはいずれ書く機会があると思うが、父が着て行ったというどてらは分厚い綿入れではなく、母手縫いの薄手の丹前である。学生の頃、私は母手縫いの丹前を愛用していたが、着物の下に着ても少しも不自然ではなかった。一度私を訪ねてきた父に着せたことがあるが「こんなものだった」と父も言った。

第一作に続いて、続編『たたかう一番牛』『愛はよみがえる』『繁牛一番牛』が雑誌に発表され、のちに単行本として発行された。

## 養鶏

父が鶏を飼うと言い出したとき、母も私も小屋で数匹飼うものとばかり思っていた。ところが父は、人を雇ってコサン竹を運び入れ始めた。コサン竹は竹林を持っていたので必要なだけ賄え、芝居のとき整地した菜園跡に山積みにされた。ここからここまで、と父が指示した範囲は、菜園跡はほとんど含み、両端は谷まで延びていた。竹柵が出来上がり、菜園跡と谷側の傾斜地が養鶏場となった。

「斜面には草も豊富だし、腐葉土には虫もいるから餌は大してやらんで済むし、水は谷があるから心配なしだ」

父はご満悦だったが、「卵はどこに産まするとですか」と村人に言われ、急遽産卵用の小屋を建てることになった。

父の知り合いで資産家の松本さんという人から、鳩位の大きさの雛五十羽ほどが送り込まれてきた。そもそも父に養鶏を勧めたのは松本さんだった。父に現金収入を得させようと、親切心から考え出した事業らしい。

食糧難の時代だから、餌にする雑穀があるはずはないし、糠は牛馬の大切な飼料だから農家は分けてはくれない。父が柵の戸を開けて入って行くと、初めのうちは近寄ってきた雛たちは、餌を貰えないことが分かると、人影を見ると逃げ出すようになってしまった。また、柵の隙間から出て来て、隣の菜園に入り込み、母が折角育てた野菜をついばんでしまい、時には被害が隣家にまで及んだ。

それでも雛は成長し、産卵するのも間近かと思われた。

「鶏の数を数えてみてくれないか、どうも減っているようだ」

父に言われて、傾斜地の隅々まで調べたが、三十羽ほどしか確認できない。そうこうするうちに十羽ほどになってしまった。トマ（イタチ）にやられたらしかった。残った十羽はすっかり野生化し、柵はなんなく飛び越えるし、夜は柿の木の枝に止まって過ごした。産卵小屋に卵を見たことは一度もなかった。

かくして父の養鶏事業は、無残にも失敗に終わった。

## かづね工場

植物の葛《くず》の根のことを球磨地方では「かづね」と呼ぶ。ここでいう「かづね工場」とは「葛の根から、くず粉を生産する工場」のことである。

そのかづね工場を、父が始めた。養鶏に失敗した直後のことである。今度も松本さんの提案だったので、必要な機械はすべて松本さんが用意するとのことだった。父としては、機械を据え付ける場所を確保すればよかった。土間に面した部屋の床を取り壊し、敷地もできた。

初めから機械の運転など出来ぬことを自覚している父は、隣村から母の甥敏昭を呼び寄せ、機械操作の責任者とした。

専門家同道で機械類が届いた。しかし、発動機をはじめ粉砕、圧搾など五種類ほどの機械、それを繋ぐベルトで敷地は一杯になり、大きな桶を並べる作業場はひさしを足して設けるしかなかった。

「二人や三人ではどうにもならんようだ。敏昭が親方になって、人集めなどすべて仕切ってくれ」

くず粉を生産するまでの手順の説明を受けた父は、甥を親方に仕立ててしまった。かづねから汁を搾り出して沈殿させればくず粉になる、そのくらいにしか考えていなかったのだから、父が慌てたのも無理はない。

相当量の水が必要なことも分かった。谷から汲み上げるくらいでは間に合わない。

「水のことなら心配ない。谷向かいに清水が湧き出ている。今も涸れてはいないだろうから、それを引けばよい」

父は、この件については自信ありげだった。

たしかに谷向かいに清水が湧いていた。あまり人が行かない所だったが、父は子供の頃からこの場所を知っていたらしい。周囲を湿地にする程度の水量だが、溜めれば使えそうだった。

竹の桶二十本程を使って屋敷まで水が引かれ、態勢は整った。

原料のかづねは、松本さんの紹介で、隣村の馬車引きが仲買も兼ねて運んでくれることになった。

操業開始の日、父は腕組みをして見守っていた。発動機が回されいくつかの機械が動き始めると、凄まじい騒音と共に家中がびりびりと振動した。父は何かしきりに言っていたが、だれの耳にも届かず、そのうち騒音に耐えられなくなったのか、座敷に戻ってしまった。

くず粉の産出量はまあまあで、滑り出しは順調だった。騒音にも慣れてきたが、父を初め家の者たちはみな大声で話し合うようになってしまった。訪ねて来る駒平爺や伊六爺までが声を張り上げた。

ところが二カ月経った頃から、産出量が減少してきた。馬車引きが運んで来るかづねの品質が落ちてきたのだ。質の良いかづねは、中が澱粉質で白くさくさくしていたが、悪い物は茶色で筋張っていた。

「勝清さんは人が好いからだまされておるとじゃ、わしが馬車引きに言うてやる」

監督官よろしく顔を出していた駒平爺が憤慨した。

「松本さんが紹介した人だから、悪い人じゃなかろう」

父はそう言ったが、品質は落ちる一方だった。

大きな桶の底に沈殿するくず粉の厚みは薄くなり、その上を覆う黒い沈殿物は増えるばかりだった。黒い沈殿物は、団子にして食べられるので「かづねだご」と呼んでいるが、苦くてあまり一般的でないので売り物にはならない。搾りかすの繊維も増える一方で、蚊遣りに使うと言って村人たちが持って行くが、その量は僅かで、工場の隅にうずたかく積み上げられた。

かくして、かづね工場はつぶれた。馬車引きがどんな物でもかまわぬと言ってかづねを掘らせていたことが、後になって判った。

## 二人の死

南方で戦っていたはずの愛国兄は、ほとんどの者が復員してきたのに帰ってくるどころか音沙汰すらなかった。次第に不安は高まり、母などは「かねのわらじを履いてでも捜しに行きたい」と口走るようになった。そんな折、隣村の復員兵から「引揚げ船の中で、戦死したと聞いた」との情報がもたらされ、続いて復員してきた人も戦死の報を伝えてきた。間もなくして公報が届いた。昭和二十年三月二十九日、ブーゲンビル島で戦死、とあった。父は「そんな以前に、しかもわしの誕生日と同じとは」と言って、母と共に泣いた。実子ではなかったが、愛情に変わりはなかったのだ。

遺骨は人吉に受け取りに行った。中佐の位だったからか、バス会社の好意だったのか、わざわざバスを仕立ててくれた。家に帰って白木の箱を開けると、紙の名札があるだけだった。「なんと無情な、貝殻の一つも持ち帰ってくれぬのか」と、父はまた涙を流した。

墓は、座敷から見える谷向かいに新たに造った。のちに母の遺骨も、父の意向で同じ場所に埋められ、私も父の墓をそこに建てた。

長いこと喘息を患っていた駒平爺の病状が悪化したのは、それから数カ月経った頃である。連絡を受けた父は、例の薬箱から注射器と注射液を取り出し、駆け付けた。私はその場に居合わせなかったが、爺は絶息状態になりながらも、何かを訴えるように父の手を握ったという。「分かった、すぐに楽になる」と言いながら、父は持参した注射を爺の腕に打った。呼吸はすぐに安らかになり、「勝清さんは、やっぱり名医じゃった」とつぶやくように言ったあと、間もなく眠るように息を引き取ったという。

「村の歴史がまた一つ、終わってしまった」

帰宅した父は、寂しそうに言いながら障子を開け、暗い外をいつまでも眺めていた。

翌日、父は庭の隅にかなり深い穴を掘って、駒平爺に打った注射液の残りを埋めた。おそらく麻薬の類だったのだろう。

## ペンだこ

どこの家でもノミはいたが、敗戦の翌年から大発生し、それは一般家庭にＤＤＴやＢＨＣなどの殺虫剤が普及するまで続いた。学校では進駐軍の指示で生徒全員の体にＤＤＴを吹き掛けたが、その場凌ぎでしかなかった。家に帰れば、せっせとノミ退治である。

我が家でも例外ではなかった。寝ているときに痒くなると、いやでも目を覚ます。電灯を点け、掛け布団をそっとめくってゆくと、ノミどもがめくられる速度に合わせて下方へ逃げて行く。素早く指で押さえ込み、摘み上げると両手の親指の爪でプチッとつぶす。

「爪は極楽、火は地獄」といって、爪でつぶしたくらいでは生き返ってしまうので、囲炉裏の火にくべるのが最善策なのだが、夜中はそうはやっていられない。朝起きて、敷き布団をめくると、畳と畳の隙間に列をなして潜り込んでいる。そいつらを千枚通しや針で串刺しにするのだが、私がそれを始めると、父は中かがみになって笑いながら見物していた。体の中でモソモソすると、指先でそこを押さえ、もう一方に手を下着の中に差し入れ摘み出すのだが、これにはかなりの技術が必要で、駒平爺がその名人だった。

父も布団の上のノミを発見することがあったが、片方の視力が極度に弱いため、まれなことだった。たまたま発見しても、指で押さえ、摘み上げてひとひねりするときに取り逃がしてしまうのである。ある時、ノミを取り逃がした父を、不器用だなといわんばかりに見ていると、「見てごらん、親指がゆがんでいるだろう。長いこと万年筆を握っていたので、ねじれてしまったんだ」と言って右手を差し出した。たしかに親指の先が少しねじれていた。そのため折角ノミを摘んでも、ひねっているうちに指先に隙間ができ、逃げてしまうのだった。

父の指を見ているうちに、中指のペンだこに気付き、私はおそるおそる触ってみた。ずいぶん以前の記憶しかなかったが、柔らかくなっていた。父のペンだこが再び硬くなったのは、後のことである。

## 『王者の牙』

父は、書きかけている原稿を見られるのを嫌った。だから家の者は、たとえ父の机の上に原稿用紙が広げたままになっていても、そして父の外出時間が長くなると分かっていても、盗み読みすることは決してなかった。その代わり書き上がった原稿は、よく読み聞かせてくれた。

小説の構想段階で、どんな筋書きなのかを話してくれることもほとんどなかった。

「頭に思い描いている間は、小説とはいえない。原稿用紙に書いてこそ、初めて小説なのだ。頭にあるものは、書き進めているうちにどんどん成長するものなのだ。まったく別のものになることだってある」

私が小説家を目指していた頃、思い浮かんだ構想を父に話し意見を求めると、そう言ってたしなめられたものである。

その父が、まだ一行も書いていない、まったく構想だけの物語を聞かせてくれたのである。野生の猪が主人公の物語で、その猪の名前が「三日月」とまで決まっていた。

それから間もなくして、一匹の猪が父のもとに届けられた。瓜模様が消えたばかりの猪で、罠に掛かっていたとかで鼻先に傷跡が残っていた。前々から猪を飼いたいから捕らえて欲しいと、猟師に頼んであったのだ。

飼育小屋が出来るまで、空になっていた鶏小屋に移され、名前はその場で「三日月」と決まった。三日月は、罠で捕らえられたため人間不信になっていて、人が近付くと暴れ回った。生態観察が目的の父にとっては、野性味が消えていないほうがかえって都合がよかったらしい。暇さえあれば、笑みを浮かべながら暴れん坊の前に立っていた。谷で水浴びさせるときは、首と後足一本に縄を掛け、二人掛かりで引っ張って行くのだが、父は「おう、おう」と言いながら、嬉しそうに前の縄を引いた。

新しく造った飼育小屋は柵の鉄棒も太く、天井も高かった。小さな三日月はその中に移った後も、前に立つ父を威嚇し、柵に向かって突進してくるのだった。父が餌のサツマイモを柵の間から差し入れると、かじって食べはするが視線だけは父から離さない。「野性の本性を教えてくれているようだ」と、父は苦笑した。

しかし、三日月は母に対してだけは、飼い犬のような態度を見せた。母が小屋に近付くと、柵の間から鼻面を突き出し、撫でてくれとせがんだ。母が鼻面を撫で、立て掛けてある竹の棒を手にすると、今度はごろんとひっくり返り、棒で掻いてくれるのを待つのである。父はその様子を感心したように眺めていたが、「動物は恩を忘れないものなんだ」とつぶやいた。

三日月の餌の調達は、母の役目だった。初め与えていたのがサツマイモだったので、ほかの物はほとんど食べない。食料不足の折柄、母の苦労は推して知るべしだった。父は、そんな母の苦労を三日月は知っているのだ、と言いたかったのだろう。

昭和二十四年頃から、父の外出は多くなり、時には十日以上戻らないこともあった。行き先の多くは人吉方面だったが、熊本市へも足を伸ばしているようだった。

ある時、人吉から戻った父が映画を観てきたと言って、その粗筋を話してくれた。コサック兵を描いた『隊長ブーリバ』だった。

「老隊長のブーリバの最期の場面が感動的だった。大木にもたれかかり、パイプをくゆらせながら崩れ落ちて行くんだ。三日月の最期の場面を見るようだった」

我が家の三日月は昭和二十七年にやむなく処分されたが、その翌年、少年小説『王者の牙』が発表された。一年間の連載だったが、主人公三日月の最期を父はこう書いている。「(重傷の)三日月は首をふって、かたわらの松の大木にどすんとよこばらをぶっつけて、もたれかかった。(中略)目はそれっきりうごかなかった」。

## 蚊頭《かがしら》釣り

父は、夏場はよく私を誘って釣りに出掛けた。父の釣りは餌釣りではなく、擬餌針釣りだった。擬餌針が蚊に似ているので、球磨地方では蚊頭釣りと呼んでいた。

仕掛けをつくるときの父は実に楽しそうで、まるで少年の姿そのものだった。私を使いに出して隼人どんから馬の尻尾の毛数本を手に入れると、それを撚り合わせ、太い方を釣竿の先に結び付け、細い方にテグスを繋ぐ。テグスの長さを両手を広げて計り、大体竿の三倍くらいにする。最後に擬餌針の蚊頭を五、六本取り付けて出来上がりである。

釣りに出掛けるのは夕方で、子供たちの水浴びで賑わっていた川辺川は、この時間静まり返っていた。岸から釣ることもあれば、漁師の川舟を借りて、瀬の近くや、向こう岸に渡って釣ることもあった。釣れる魚はハエ（ハヤ）がほとんどだったが、ときたま小形のマダラ（イワナ）や大物のイダ（ウグイ）が掛かることもあった。

ある時、滅多に掛からぬイダを釣り上げた父は、さも自慢そうに私に見せて、腰の篭に入れた。小さな篭とはいえ尾の方は折り曲がるほどの大物だった。跳ねて飛び出しそうになるので、父はネコヤナギの枝を折って押さえにした。しばらくはおとなしくしていたイダが急に暴れ出し、ついに篭から飛び出してしまった。

ふらふらと泳ぐイダの後を追って、父は中かがみになって川の中を走り回った。さっと両手を突っ込むが、イダはひらりと身をかわす。元気を取り戻してきたイダは、次第に深みの方へ去り、ずぶ濡れになった父はついに諦めた。父の格好もおかしかったが、晩ご飯のご馳走が逃げてしまったのが私には残念だった。

「今日はお祖父さんの命日だった。殺生をしてはいかんということだろう」

父はぼそりと言い、すでに釣り上げていた四、五匹のハエを川に放り込んだ。ハエは白い腹を見せて、流れて行った。

川舟を竹竿一本で操るにはかなりの技術が必要だったが、父は浅瀬でも淵でも巧みに竿を操り、錨を投げ込んで思う場所に舟を固定することができた。漁師が何も言わずに舟を貸してくれるのは父の腕前を知っていたからに違いない。その昔、父に教えたことがあるのだろう。

いつものように父の供をして釣りに行く途中で、投網漁から帰る伊六爺とすれ違った。私はふと伊六爺に関することで、不思議に思っていたことを父に話した。

母は菜園のほか段々畑とかなり広い畑二枚を耕していたが、ひと夏だけ広い畑の一枚で、伊六爺と共同でスイカを作ることになった。収穫は伊六爺の分担で、穫れた日は私が爺の家に我が家の分を取りに行く。スイカは三、四個ずつ二つに分けてあり、なぜか一方がいつも粒揃いだった。爺は、ネコジャラシなどの草の穂を二本引き抜いてきて、一本の根元に結び目を作り、それを隠すように二本一緒に握り、私に差し出す。結び目がある方を引けば勝ちで、粒揃いのスイカを貰える。しかし、私が引くのは、いつも結び目のない方だった。スイカは家で食べるだけでなく、イモなどと交換してもらえるので、くじを引く私は真剣で、負けると母に申し訳なくて泣きたい気持ちになるのだった。

私の話を聞いて、父はしばらく考え込んでいたが、やがて伊六爺と同じようなくじを作り、私に一本を引かせた。ところがどうしたことか、これも何回引いても結び目はなかった。「仕掛けはこうだ」と、父は結び目の上のところに親指の爪を強く当て、それを引かせた。すると結び目で切れて、拳から引き抜かれる草には結び目がなくなっていた。どちらを引いても外れになる仕掛けだ。「伊六爺はこれで痛い目に遭ったことがあって、考え抜いた揚げ句、この仕掛けを見抜いたのだろう」と、父は愉快そうに笑い、伊六爺には知らないふりをしていなさい、と私に言った。

## 勝清友之会

古いアルバムに一枚の写真が貼ってあり、黒紙の台紙には銀色の鉛筆で「勝清友之会」と書いてある。私の字であることは間違いないが、いつ父から手渡され、どう説明を受けたのか思い出せない。父を中心に年配の男性二十八人が写っているが、私が覚えている顔は数人に過ぎない。その一人、人吉高校校長の上村正敏先生が写っているということは、先生の在任期間である昭和二十四年から二十九年の間に撮られたことになるが、私が高校に入学した二十六年以前であることは、他の記憶からして推定できる。いずれにしてもその頃、人吉の有志の方々が集い、父を励まして下さっていたのである。

写真の父は、一張羅の軍服ではなく背広を着ている。この背広、実は父の持ち物ではなかった。卯在爺夫妻の家には孫の哲郎が同居していた。両親と兄弟は遠くに住んでおり、父親は一年か二年に一度くらい哲郎を訪ねてきたが、村人たちとは親しくないようだった。哲郎は昭和二十一年に高等科を卒業した後も私の遊び相手になってくれるので、私はしばしば彼を訪ねた。ある日のこと、父親が持ってきてくれたと言って、煉瓦色の背広を着て見せた。立派は背広だったが、体格のよい彼には少々窮屈のようだった。

「人吉に行くので、哲郎から背広を借りてきてくれないか」

父にそう言われた母は、困惑顔になった。

「哲郎には小さいというじゃないか。それにこんな田舎じゃ着ることもあるまい」

父は勝手なことを言い、強引に母を使いに出した。哲郎の背広のことは、たぶん私がしゃべったのだろう。

背広は父にぴったりで、父の愛用の一着になってしまった。哲郎に再三催促されても理由を付けて返そうとはせず、いくらかの借用料を添えて返却したときには、背広はよれよれになっていた。

# 自転車

昭和二十六年の正月早々、父は遠縁の大工に頼んで、高校に進学する私のために、谷端に面した場所に三畳間ほどの小部屋を増築した。板張りの上等とはいえない普請だったが、私には最高の贈り物だった。

人吉高校の受験を終えて帰宅すると、父のほうから座敷を出て来て、私を迎えてくれた。「どうだった」というような父の顔に応えて、私はこの字が読めなかったと紙に「妥協」と書いた。解らない問題は沢山あったが、漢字を読めなかったことがいちばんくやしかったのである。

「妥協、妥結、新聞にはいくらでも出てくる文字だが、そうか」

父は叱るでもなく、慰めるでもなく、自問自答するような口調で言った。新聞を購読できずにいることを、暗に言っていたのかも知れない。

通学は自転車でと、私は初めから決めていた。高校まではおよそ四里、十六キロの道程だが通えない距離ではない。旧制中学だった頃、もっと遠いところから通っている姿を見ているので、距離には不安はなかった。問題は自転車だった。

「隼人どんの自転車を借り受けよう」

父の提案に私は異存はなかった。車輪が二八、コスターブレーキの旧式の自転車だったが、これまでにも気安く借りられるので練習に使い、乗り慣れていた。

異を唱えたのは、義兄の未知男だった。彼は隼人どんの長男だが直枝と結婚して、私たちと同居していた。

「人高生がボロ自転車ちゅうわけにはいかんばい、おれがなんとかするばい」と、義兄は父に向かって盾突くような口調で言った。

父は、婿の申し出に嬉しいような悲しいような顔をして頷いた。

義兄が人吉で買ってくれた自転車は中古だったが、リームには青と赤のラインがあり、私の目にはまばゆいばかりだった。

合格発表の朝、自転車で出かけようとすると、「合格の報告を瑞祥寺の和尚さんにもしてきなさい」と父に言われ、私もそうしようと思った。

前年、人吉城址を会場に「こども博覧会」が開催されたが、父は企画の段階から参画しており、開催中も含めて一年間ほど瑞祥寺の庫裡の一室に寄宿していた。私もしばしば訪れ、夏休みには一週間も逗留したが、住職も奥さんも誠に心優しい方だった。

合格の報告を他にも何軒かして帰宅すると、父は座敷の囲炉裏端で焼酎を飲んでいた。中学校から合格の連絡を受けていたためか、上機嫌だった。私が差し向かいに座ると、「男同士の初めての杯だ」と言いながら猪口を差し出し、ガラ（銚子）の焼酎を注いでくれた。私が顔をしかめながら

飲み干すと、父は愉快そうに笑い、

「酒は修行だ、男は一度は酒で勝負するときがくる。お父さんも初めは飲めなかったが、修行の末、強くなれたのだ。一気に飲むのは禁物で、初めはちびちびと飲み、酒が全身に行き渡ってから本格的に飲み始めることが肝要だ」

と、熱っぽく語った。躾にうるさい平素の父らしくなかったが、私は神妙に聞いた。なお、この時の教えはその後私は忠実に守り、死ぬような苦しみを味わいながら修行を重ね、どうにか一人前の酒飲みになれたのだった。ただ、酒で勝負をする機会に恵まれないうちに日毎に弱くなり、父の予言はもはや実行できそうにない。ただの酒飲みで終わってしまうのかと思うと、いかにも無念である。

父は大勝負に勝っている。昭和十六年「海軍省派遣文芸慰問団」の一員として南支・海南島へ派遣された父は、現地の大金持ちに飲み干したら差し上げると言われ、洗面器ほどもある器になみなみと注がれた酒を見事飲み干し、一抱えもある香木をせしめたが、翌朝飛行機に乗る際、二日酔のため置き忘れてしまった。この話、父は教訓としてでなく、懐かしい思い出としてよく語っていた。

私が自転車通学を始めると、時を合わせたように父の外出は頻繁になり、長期間家を空けることもあった。帰宅すると座敷に篭り、持ち帰った書籍類やザラ紙に書いたメモを広げ、何事か構想を練っている様子だった。父が何を書こうとしているのか、家の者には分からなかったが、大仕事に取り掛かっていることだけは雰囲気で察せられた。ある時、留守中の父の机に『肥後国史』が積んであるのを見て、歴史小説に取り掛かっていることだけは分かった。

学校から帰ると、珍しく父は居間の囲炉裏端に座っていた。どうやら私の帰りを待っていたようだった。

「卯在爺がよくないそうだ。お前を待っているというから、すぐ行って上げなさい。お母さんも行っている」

静かな口調だった。

卯在爺は、私が医者になるために帰郷し、今は医学校に通っていると思い込んでいた。父もそのことを知っていたようだ。

私が駆け付けたとき、卯在爺は既に昏睡状態で、私が手を握ると間もなくして息を引き取った。

「村の年寄りたちは、一見すれば何の役にも立っていないように見えるが、事実家の中では役立たずの存在だが、その実それぞれに役目を持っているのだ。昔を語る者、歌う者、叫ぶ者、眠る者、家業には役立たなくても、みんな村の構成員なのだ。その証拠に年寄りが一人消えるたびに、その分だけぽっかりと穴が開いてしまう」

卯在爺を看取って帰宅した私に、父はしんみりと言った。

秋も深まった頃、人吉の映画館、共楽館の社長が映画会社の代理人として来宅して、『牛使いの少年』を映画化したいと告げた。もちろん父は承諾し、数日後には原作料の前金が届けられた。戦後初めてのまとまった金である。父は私に自転車を買ってやると約束し、翌日には父自ら人吉に出て発電ランプの付いたぴかぴかの自転車を買ってくれた。

なお、映画題名『虹の谷』は昭和二十九年に封切られた。

## 古城旅館

家の者全員、といっても母と姉夫婦と私だけだが、父に呼ばれて座敷に勢揃いした。昭和二十六年の暮れ、父は満五十五歳になっていた。

「新聞に小説を連載することになった」と、父は切り出した。そして、連載紙は『熊本日日新聞』、題名は『それからの武蔵』であることなど説明し、「全精力を傾けねばならないので、みんなも父に協力して、決して邪魔をしないようにしてほしい」と締めくくった。その言葉が特に母に向けられているように感じ、私は一瞬胸騒ぎを覚えた。険悪の仲というのではないが、かなり以前から夫婦間の会話はあまりなく、どこかとげとげしい感じがしていたからだ。子供にとっていちばん嬉しいのは、さりげなく語り合う両親の姿を見るときなのに、久しいこと私はそんな姿を見ていなかった。

正月を待たずに、父は家を出て、新しい仕事場へ向かった。そこは人吉の市街地から少し離れて建つ、古城旅館だった。旅館の主人は新鋭の画家宮崎精一氏で、父の連載の挿絵を担当することになっていたので、新聞社にとっても都合がよかったのだ。

翌年の昭和二十七年五月二十日、『それからの武蔵』の連載が始まった。

連載は概ね好評だったが、どこかのコラムには「それから、それからと付けていけば、題材に困ることはあるまい」と書かれることもあった。たしかに題名の「それから」は、吉川英治の『宮本武蔵』を承けてのもので、巌流島の決闘で終わっている武蔵のその後、を意味する。

「読者は、吉川武蔵の登場人物を実在の人として捕らえている。お通が突然登場しなくなったら、読者は戸惑ってしまう。そこで名前は違ってもそれらしい人物を出さねばならない」

父は「それから」の難しさをそう語っていた。

私は学校の帰りに、しばしば古城旅館の父を訪ねた。来客相手に焼酎を飲んでいることもあり、そんな時は宮崎氏が困り顔で座っていた。原稿が出来なければ、挿絵が描けないからである。

『それからの武蔵』の連載が進むうち、高校生の間でも話題に上るようになった。もちろん私は嬉しかったが、同級生の間で噂になっているのは小説そのものだけでないことに気が付いた。しかし、噂の話題が何であるか教えてくれる友はおらず、私も強いて知ろうともしなかった。

そんな折、上村校長の要請を受けて、父の講演が講堂で開かれた。もちろん私もその席にいたのだが、講演の内容は全く覚えていない。父の口もとが心配で、話を聞くどころではなかったのである。

父は総入れ歯だった。いつからそうなったのか私は知らないが、疎開時には既に入れ歯が合わなくなっており、顎からはずれた上下の入れ歯を口の中でもてあそぶように擦り合わせ、キュッキュッと音をたてたりしていた。ときには半分ほども口の外に突き出すこともあった。化け物の話をしてくれるときこれをやられると、それはもう恐ろしさを通り越して、すくみ上がったものである。

上の入れ歯は、話している最中でも外れることがある。私はそれが心配で、父の声が耳に入らなかったのである。

講演は入れ歯が飛び出すこともなく、無事終わった。そのあと、どういう設定だったのか、希望者だけが裁縫室に集められ、別の人の講話があった。残念ながら氏名は忘れたが、その人は警視庁の警官だった頃、父の尾行担当だったと前置きし、労働運動をしていた若い頃の父の話をしてくれた。

帰途、古城旅館に立ち寄り、父にこの話をし、その人が会いたがっていたと言うと、「今はもう、会うこともあるまい」と話には乗ってこなかった。父には遠い思い出を振り返っている暇はないのだと気付き、私は話題を変えた。

「入れ歯、大丈夫でしたね」

「飴を塗っておいたのだよ。今も口の中が甘くてならん」

父は、入れ歯を鳴らしながら笑った。

## 豊永医院

高校二年の夏休みも終わりに近付いたある日、父から速達で葉書が届いた。文面は簡単で、「急用があるので至急古城旅館に来られたし、その際は自転車には乗らずバスで来ること」この程度のことしか書いてなかった。

父の急用というのは私の通学についてであった。「大学進学を控えている今、長距離の自転車通学は勉学の時間が割かれ不利である。したがって人吉市内に下宿してじっくりと受験に備えるのが最良の策と考える」父は説得するような口調で言った。私は、これまでどおりの自転車通学で不都合はなく、受験勉強も学校図書館で十分にできるし、たとえ帰りが遅くなっても自転車にはランプが付いているから問題ないと抗弁した。経験のない下宿生活など考えられなかったのだ。

「下宿先はもう決めてある。豊永先生にお願いして、引き受けてもらった。豊永医院は高校にも近く、万事好都合だ。今からお伺いしよう」

有無を言わせぬ強引さで、私は逆らうことができなかった。

「そうそう、お前に上げようと思って用意しておいたんだ。先が少し欠けているが、ゾリンゲンだからよく剃れる」

立ち上がりかけた父はそう言いながら、私の前に洋式の剃刀を置いた。東京時代から父が愛用していたものだ。村人たちが用いていたのはほとんどが和式の剃刀だったので、駒平爺などは珍しそうに眺めていたものだ。いつの頃からか刃先が一センチほど欠けていて、鼻髭を剃るときなどは父はずいぶん苦労していた。父は「お前も髭を剃る年頃だから」と言って譲ってくれたのだが、今になれば、ほかに意味があったように思えてならない。

古城旅館から豊永医院まではかなりの距離だが、父は歩いて行こうと言った。初めから歩くつもりだったのだ。葉書にバスで来いと書いてあった意味がようやく分かった。

日陰のない道を歩きながら、父は何度も汗を拭った。

「お前とこうして歩くのは、初めてだったな」

だいぶ疲れてきたようだったが、父の機嫌はよかった。

父に言われて改めて気付いたのだが、父と一緒に歩いたのは、蚊頭釣りに連れて行ってもらったときぐらいで、ほかには東京時代に銭湯へ手を引かれて行った記憶しかない。

そう考えているうちに、父と歩くのはこれが最後のような気がしてきて、急に悲しくなってきた。

父は相変わらず楽しそうに傍らを歩く私に話し掛けてきたが、私はものを言えば涙がこぼれてきそうで、黙りこくっていた。

豊永医院、正確には豊永耳鼻咽喉科医院は、診察室と住居が同じ建物にあり、私たちは池に面した座敷に通された。広い池の周囲にはツツジやツバキなどが鬱蒼と茂り、障子が開け放たれた座敷に涼風を送っていた。

座敷の長押《なげし》には、いずれも由緒ありそうな面がかなりの数掛けてあり、物珍しさに見とれていると、やがて白衣姿の豊永傀先生が笑顔で入って来られた。高校の校医をされていたので顔だけは見知っていたが、正式の対面は初めてだった。

「息子をお願いします」

「はい、分かりました。お預かりします」

父と先生が交わした挨拶はそれだけで、あとは四方山話をゆっくりとした調子で語り合うだけだった。

こうして私は、状況をしかとは飲み込めぬまま、豊永先生預かりの身となったのだが、少年期後半の多感な時期を無事乗り切れたのは、一年半にわたる下宿生活があったればこそである。

父がこれから起こる家庭のいざこざを見越し、そこから私を遠ざけるために、信頼していた豊永先生に預けたということをずっと後になって知った。

## われを打て

父に関する噂は次第に広まり、私の耳にも届くようになった。その噂というのは、父が仕事場にしている古城旅館にしばしば女性が訪れており、しかもその女性は高校の藤井ゆきえ先生だというのである。二人はただならぬ仲だと囁く者もあった。

週末には晴山の家に帰っていたが、私は母の姿を見るのが辛くなってきた。数年続いた更年期障害による体調不良は治まっていたが、うつ症状が現われ、帰るたびに症状が重くなっていくように見えたからだ。父の噂のため、心を乱しているのだと私は思った。

初冬の気配を感じながら自転車で家に帰ると、庭先に火の手が上がり、傍らに母が泣きながら立っていた。燃えているのは父の網代笠と衣だった。敗戦直前に出家した父が身に付けていたものだ。私は母を家の中に抱き入れ、その足で人吉へ引き返した。父に会ってどうするかまでは考えていなかったが、とにかく急いだ。

父は、テーブルに向かってペンを走らせていた。

「しばらく待ってくれ、舞いの仕草を忘れぬうちに書きとめておきたいから」。ちらりを私を見て、また書き始めた。

「さっきまで、藤井先生が見えていたんだ。舞いについていろいろと教えてもらっている。『武蔵』に舞いの場面があるもんだから、実際に舞ってもらったりして描写しているが、文章で表現するのはなかなか難しいもんだ」

私は機先を制せられて、何も言えなくなり、「汗だくのようだから、温泉につかってきなさい」

と言う父の言葉を後に下宿に戻った。

次に訪ねた時、父は「ここを引き払って熊本へ行くことにした。お前が来なかったら送るつもりだった」と言いながら、封筒を差し出した。

「われを打てこのならず者射殺せと　空にむかいて　叫ぶいくたび」。封筒の中の梶紙には、墨字で歌が一首したためてあった。

父は家庭から離れ、いっそう遠い所へ行ってしまった。

## ひとりゆく

父は家庭というしがらみから解き放たれて、自由の身になりたいのだ、家庭のにおいを持ち込む私が煩わしくなり、人吉を去ったのだ。私は父の心境をそう推測し、自分がとった行動が悔やまれてならなかった。父は、血相変えて駆け込んで来た私を見て、すべてを察したに違いなかった。

「小山君、食欲がないそうですね」

豊永先生がそう言いながら、私の部屋に入って来られた。

「勝清さんが熊本へ発つ前にやって来られ、庭で写真を撮ったりしたあと、色紙を書いていかれましたよ」

「ひとりゆく道に千草のみだれたち　ゆくてに雲の　白くうかべり」、もう一枚には「この道によもやあやまちなけれども　親しき人を　捨ててゆく道」と書かれてあった。

「旧作だそうだが、今の勝清さんの心境ですね」

私は先生の顔を見詰め、頷いた。

明けて二十八年正月、元日付の父の手紙を受け取った。「余生すくない父を、創作のために、思うままに働かせてくれ」という結びの文面を読んで、私は父に会うことを決意した。私の真意を伝え、心を乱している母は真の姿でないことを訴えるために。

「これか、宮崎君が無礼なことを言ったので、五徳を振り上げたら火傷してしまった」

私が訪ねると、開口一番、聞きもしないのに父は右手に巻いた包帯の理由を話し始めた。酒の席で、宮崎精一さんが「連載が好評なのは挿絵がよいからだ」と、もちろん酔った勢いの冗談で言ったのだが、父は腹を立て火鉢の五徳を摑み上げ、振りかぶったのだ。

「宮崎君の驚きようったらなかった。わしの方もこたえたがね」

餓鬼大将の自慢話のような言い振りに、私はまたも機先を制せられて何も言えなくなってしまった。帰りの汽車の中で、私の心の中など、父はとうにお見通しなのだと思った。

## 時計

熊本で会った後、父からは週に一通は手紙がきた。一月下旬の手紙には「別便小包で腕時計をおくる。時計屋と買う約束だったし、お前も不自由すると思ったので買いとった」と書いてあり、翌日にはその時計が届いた。

私は時計を持っていなかった。疎開して以来、村人のだれもがそうであるように、時計を見ながらの生活には縁がなかった。朝は母親が鶏の鳴き声で目を覚まし飯を炊き、適当な時刻に子供を起こす。まだ暗いうちに鳴くのが一番鶏《どり》、しばらくして鳴くのが二番鶏だから時刻の推定は十分にできる。学校へ行けば版木や鐘の合図に従えばよい。それに子供たちは腹時計も持っているので、時計がなくてもなんの不自由も感じないのである。

高校受験に出掛ける朝、父が「これを持って行きなさい」と懐中時計を渡してくれた。彫刻のある蓋が付いており、鎖を含めて全て純金製という立派な作りである。しかしこの時計、父の所有物ではなかった。持ち主は伊六爺で、ブラジルから持ち帰り大切にしていた品だが、父は人吉などへ出掛けるとき無理を言って借り受け、ついには自分の手もとに置く方が多くなってしまったのだ。

自転車通学を始めた私に「持っていなさい」と、まるで自分の物を貸し与えるかのように父は言う。四里の道程の所要時間が計れて便利だったが、一カ月ほどして母が伊六爺に返してしまった。父に言ってもらちがあかないので、爺は母に強く催促したらしい。

その後、義兄が軍隊時代の六角形をした時計を貸してくれたが、すぐに動かなくなってしまった。以来、時計なしで通学した。

自転車以外で父が買ってくれた初めての物が時計だったということは、よほど時計のことを気に掛けてくれていたに違いない。

ずっと後の昭和四十年秋、病床の父が「腕時計をはめたことがない」と、さも腕時計を欲しそうな口振りで言ったが、看病のため二カ月以上も仕事をしていない私には時計を買う金がなかった。それから一カ月ばかりで父は世を去ってしまったが、今もって無念に思っている。

## 東京へ

二月二十七日付の手紙をもらって、父が上京したことを知った。戦後、田舎暮らしに退屈している姉たちに向かって、父は「来春は東京へ行こう」と言っていたが、なかなか実現はせず、姉たちはそれぞれに散って行った。都会育ちの姉たちや、活動の場が東京であった父にとっては、東京は特別の場所だったに違いない。郁子、香織の姉二人は既に上京しており、十四子も父の後を追った。三月半ばの手紙には、『それからの武蔵』の前編、「波浪篇」「山雨篇」を書き上げ、後半の連載は半年後になる見込みと、仕事が順調に進んでいる様子が書いてあった。

熊本、東京へと父が遠ざかるにつれて、父の女性に関する噂もあまり聞かれなくなった。家庭に平穏が戻ったかに見えたが、それは私の錯覚にしかすぎなかった。父の心は確実に母から離れつつあったのだ。

十一月、香織の結婚式に出席するため、母は一人で上京した。式場ではもちろん父母は顔を合わせており、短い話し合いも持たれただろうが、このときかぎり二人は生涯会うことはなかった。両親の離婚の話は、帰郷した母から聞かされた。冷静を装っているのだろうが、母は淡々と話した。私は、父から捨てられたこの母を守り抜かねばと心に誓った。

父の手紙は私の進学に関することばかりで、離婚については一言も触れられていなかった。昭和二十九年、三学期が始まって間もなく、私は上村校長に呼び出された。恐る恐る校長室に入ると、校長はソファーをすすめ、「東京でお父さんにお会いしたら、君にこれを渡してくれとのことだった」と小さな包みを差し出した。包みの中身は、国会議事堂が描かれたベルトのバックルだった。

二月初め、私は大学進学のため父の待つ東京へ向かった。

## 短い共同生活

父との同居生活が始まった。新宿区矢来町に父が借りている部屋は、二階建ての階下の六畳間だったが、隣室の三畳間も暗黙の了解を得ており、私はそこで寝起きした。食事は自炊だったが、味噌汁と漬物、たまに干物を焼くくらいだったので手間はかからなかった。

「映画を観に行こう」と急に言い出し、父は新聞の映画欄からハンフリー・ボガード主演の『ケイン号の叛乱』を選び出した。父と映画を観るのは、幼少時代の『ターザン』以来二度目で、そしてこれが最後だった。

映画の帰りには、新宿駅中央口前の「聚楽」でカレーライスを食べたが、上京以来臭い外米ばかりだったので、父も余程美味しかったらしく、いつもは小食なのに一皿残さずに食べてしまった。

その翌日、父と差し向かいで夕飯を食べていると、家がぐらぐらと揺れた。父は茶碗をほっぽり投げて立ち上がり、窓を開けると半身を表に出し、「地震だぞ、なにをぐずぐずしている」と叫んだ。

「小さいですよ」と私が言うと、

「地震に小さいも大きいもあるか。ぐらっときたら、まず避難するのが鉄則だ」

父は窓枠をまたいだまま、怒鳴り続けた。

冷静さを取り戻した父は、関東大震災に遭遇したときの体験や、その後に発生した大火災による惨事の模様を話し、「だから地震は怖いんだ」と結んだ。私はこのとき、父が地震恐怖症であることを初めて知った。

父と二人きりの生活は、十日間ほどで終わってしまった。

「お父さんは用があって熊本に帰ってくるから、その前に新宿へ行って、今度は高野フルーツパーラーで食べよう」

高野フルーツパーラーでは果物の盛り合わせを注文したが、その中にスイカがあるのを見て、父は「さすがは高野だ」と、しきりに感心していた。

翌日父は、一校分の受験料を置いて、人吉へ帰ってしまった。

## 再婚

父の突然の帰郷は、いかにも不自然だった。要件を告げずに家を空けることはこれまでにも度々あったが、今度の出立はどこか様子が違っていた。父の行動を詮索するつもりはなかったが、せめて連絡先予定くらいは教えて欲しかった。晴山の実家に手紙を出したが、返事はなかった。

受験料を納めに行った帰り、私は進学する意欲が失せていくのを覚えた。両親の離婚という衝撃的な出来事に辛うじて耐えていた私だが、この日を境に心のバランスが崩れ始めた。進学などもはや無意味なことのように思えてきた。姉に旅費を工面してもらい、私は故郷に救いを求める思いで熊本行の急行「阿蘇」に乗った。

人吉に着くと、その足で母方の叔母を訪ねたのだが、そこで「明日、小山勝清氏挙式」という新聞記事を見せられた。結婚の相手は藤井ゆきえ先生だった。

翌日、私は挙式の時刻に合わせて、古城旅館の玄関前の植込みに身を潜めた。新聞記事によると、ここから青井神社に向かい、式を挙げたあと再び戻って来ることになっていた。

車の運転手あたりに気付かれたらしく、定刻を過ぎても父は現われず、父を刺して自分も死のうという計画は果たせなかった。

私は面会を求める書面を人に頼んで父へ届け、その返事を受け取った。面会の場所は、知人の村山一壷さん宅の二階だった。

父と私は、テーブルを挟んで向き合った。私はテーブルの下で、自分の左手首にあいくちを突き立て、父の言葉を待った。この時、父を刺そうという気持ちは失せており、こらえ切れなくなったら自分だけが死ねばよいと考えるようになっていた。

「わしは、小説を書きたい、その一点だけで今度の道を選んだ。お前には承服できないだろうが、この道を選んだ父を許してくれ」

この言葉だけで私には十分だった。あとの説明などどうでもよかった。私は、手首から血を流しながら、父のもとを去った。

## 再上京

父と対面した翌朝、父の使いの人が叔母宅にやって来た。

「お前の意志を尊重するが、父としては勉学を続けてもらいたい。家賃を支払っておいてくれ」

手渡された封筒には、短い文と二十枚ほどの千円札が入っていた。

父が暗に再上京を督促していることは明白だった。
私は、豊永先生にご挨拶し、「丸一」のそばを食べ、好物の「十種せんべい」を一袋買い求め、汽車に乗った。
父にもらった金で入った予備校に籍を置いたが、私はもっぱら神田の古本屋通いを始めた。豊永先生を訪ねた際、先生から梵字に関する参考書を探してほしいと依頼されていたからだ。古本の背表紙を追っているうちに、「柳田国男」という文字が目に留まり、ついにはその著書のみを探すようになり、手頃な値段のものが見つかると買い求めた。若い頃の父も読んだに違いない、あるいは校正など手伝ったかも知れない、そう思うと茶色に変色した戦前発行の一冊一冊に愛着すら覚えた。柳田国男主宰の『民間伝承』という雑誌を一冊だけ見つけたときは、全部を見たくて発行元を訪ねた。荻窪あたりの普通の民家だったが、出てきた老人は「在庫は戦災で焼けてしまったが、私が持っている分を差し上げよう」と、バックナンバーを無償で譲ってくれた
またその頃、市ケ谷幼稚園に「知恵の碑」が建つことになり、その除幕式に父の代理として私が出席することになった。「知恵の碑」は「こどもらよかしこくなれ」という父の願いを刻んだもので、第一号は昭和二十七年、熊本県球磨郡西村の小学校に建てられた。市ケ谷幼稚園のものは第二号で、建設の段取りは父の心酔者で街の顔役でもある宮嶋さんという人が全て進めた。除幕式は、新潮社から役員も出席して、盛大なものだった。

私はこうした話を早く父にしたかったが、父が単身上京してきたのは六月になってからだった。父が借りていた矢来町の部屋には、私の一人暮らしを心配して母が出て来ていたので、父は隣町にアパートを借りた。

再上京の父は執筆に追われていた。『それからの武蔵』の後半部にあたる『肥後の武蔵』の新聞連載や少年小説の『王者の牙』も連載中で、ほかにも数本抱えていた。「小説を書くためにこの道を選んだ」と人吉で対面した折に私に告げた言葉通りに、父は積極的に仕事の注文を受けている様子だった。

私はしばしば父を訪ねたが、いつもテーブルに向かってペンを走らせている父に話し掛けることができずにおり、父もちらっと私を見やるだけで、どこか冷たい態度を示した。父は私と一緒に暮らすことを熱望していたのだが、意に反して私が母を呼び寄せ、矢来町の部屋を横取りした格好になってしまったことに腹を立てているのは確かだった。

新夫人の娘、みな子さんもよく父を訪ねてきていたが、彼女の問い掛けには父は愛想よく応えていた。彼女は高校の一級上で、もちろん私も面識があった。父の再婚相手だからといって、私は藤井先生や娘のみな子さんに憎しみや悪感情を抱いているわけではなく、父の再婚を精一杯理解しようと努めていたのだが、当の父が次第に私から遠ざかって行くように感じられ、それが寂しかった。

父に進路を相談する機会も持てず、また、興味を持ち始めた民俗学について語ることもできず、私は鬱々とした浪人生活を送っていた。古本屋通いと、高校の一級下で共に学校図書館の委員だったちどりからの手紙だけが私の慰めだった。ちどりが四月に修学旅行で上京した際、父はわざわざ私宛ての手紙を彼女に託している。ちどりに手紙を届けたのが藤井先生だったというから、おそらく彼女からの情報で私がちどりと付き合っていることを知ったのだろう。

その年の暮れ、父は千駄ケ谷に借家を見つけ、引っ越して行った。父は五十八歳になっていた。

## 千駄ケ谷の新居

父が千駄ケ谷に借りた新居は新築の二階建てで、二階部分が仕事場、一階は新夫人母子の居間にあてられていたが、二人はまだ移ってきておらず、当分は一人暮らしをするらしかった。

昭和三十年の元旦、私が年始に訪ねると、父は屠蘇がわりの焼酎もそこそこに初詣でに行こうと言い出した。このところ冷淡にさえ思えていた父からの誘いに、私は喜んで同行した。父としても、私との仲を常態に戻したいと考えていたのかも知れない。そうでなかったら、もともと初詣での習慣のない父がわざわざ誘うはずがなかったからだ。

明治神宮は混雑していて、参拝を終えると裏口から出るようになっていた。駅の方角へ歩いて行く途中、「写真を撮ってもらおう」と、父は写真館の前で立ち止まった。父と二人きりの写真は、この時の一枚しかないが、父は私より細く写っていると言って、あまり気に入っていない様子だった。

一週間ほどして写真館で受け取った写真を父に届けたが、このとき私は一冊の本を持参していた。前日、神田の古本屋で探し出した『或村の近世史』である。大正十四年に刊行された父の処女作だが、発行部数が少なかった上に他の書籍と同様戦災に遭っているので、古本屋に出ることもなく、父も所持していなかった。

「古本屋には宝が眠っているというが、全くその通りだ」

父は、綴じ糸が切れかかっている自分の著書を膝に乗せ、いつまでもページを繰っていた。『或村の近世史』は、父にとっては特別の思いがあったに違いない。処女作というだけでなく、両親のこと、村人たちのこと、民俗学の手解きを受けた柳田先生のこと、そして出版に至る背景など、三十年前の思い出がこの本には詰まっているのだ。活字を追うわけでもなくページをめくる父は、自分の原点を思い起こしていたのかも知れない。

私が民俗学の勉強をしたいと打ち明けると、父は「そうか」と言ったあと、二合瓶の焼酎をコップに半分ほど注ぎ、鉄瓶の湯を注ぎ足し、私にすすめ自分にも同じものをつくった。

父は賛成するとも、反対するとも言わなかった。父にしては複雑な思いだったのだろう。柳田先生に破門され、民俗学を捨てざるを得なかった苦い思い出が蘇ったのかも知れない。

新居に新夫人ゆきえさんと娘のみな子さんが越してきたのは、それから間もなくしてからだった。

訪ねるたびに新しい家具が増えていて、いかにも新家庭といった雰囲気に満ちていた。その頃の父は流行作家なみに書いていたので、収入は十分だったはずである。

家計はゆきえさんが握っていて、私が母と二人分の生活費を受け取りに行くと、父は二階から下り、ゆきえさんから受け取り私に渡した。私が国学院大学に入った後の授業料なども、同じ方法で渡された。きちんと渡されるのでそれはそれで助かったが、書籍代や射撃部の合宿費などは「自分の小遣いから工面するもの」らしく、入学早々貧乏学生の仲間入りを強いられてしまった。

ゆきえさんの論理では、学生帽は大学生用だから必要経費だが、学生服は高校時代のもので間に合うからそうではないということだった。学生服のときだけは、父は「今一度交渉してくる」と言って、階下に行き服代をせしめてきた。私は断ろうと思ったが、父がさも自慢そうな顔をして渡すものだから、黙って受け取り学生服を新調した。

父を訪ねてくるのは編集者や知人だけではなく、どこかいかがわしい人もおり、そういう人にはなにがしかの金を渡すのだが、そんなときでも父はいちいちゆきえさんの財布から都合してもらっていた。万事この調子で、どちらかといえば浪費癖のある父にはこれで丁度よかったのだろうが、父の初めての高収入をただ見ているだけの実の子供たちは、いささか理不尽さを感じていた。

私が国学院を選んだのは、柳田国男先生が教授をされていたからだが、先生が大学院でしか教えていないことを入学後に知った。残念がる私を見て、父は折をみて先生に会わせて上げようと言い、五月半ば成城のご自宅に連れて行ってくれた。

父は威儀を正し、緊張した面持ちで玄関の呼び鈴を押した。父にとっては三十年ぶりの訪問である。

玄関に現われた婦人は、父を見るなり「あらっ」というような顔をし、父が名乗る前に「小山さん？」と言った。婦人は柳田先生の奥さんだった。

父が挨拶を述べる間も懐かしげに笑みを浮かべていた奥さんは、「主人は朝方旅から帰ってきて、まだ寝ておりますので、しばらくお待ち下さいますか」と、ドアを広く開け「さあ、どうぞ」という身振りをされた。

「お疲れの先生の邪魔になりますので、後日改めてお伺い致します」。父は持参した手土産のスイカを置いて、柳田邸を辞した。

数日後、柳田先生から葉書の礼状が届き、父は懐かしそうに文面を眺めていたが、その後先生を訪ねることはなかった。

五月二十九日、今度は私一人で先生を訪ねた。奥さんは隣接する民俗学研究所に私を案内し、先生に引き合わせて下さった。

「お父さんが私のところに来たのは、君くらいの年頃でしたよ。随分時間が経ったんだね」

先生は終始にこやかな顔をしておられ、話し振りも穏やかで、私は親しみというより懐かしさに似たものを覚えた。

民俗学の話になり、私が古本屋で買い求めた著書名を挙げると、「私が文学青年だった頃に書いたものより、先ずこれを読みなさい」と、創元文庫の『日本の祭』と『海南小記』を下さった。

この訪問のことを父に報告すると、父は一言「よかった」と呟いた。柳田先生との和解がなったと考えたのかも知れない。

千駄ケ谷での父は、まさに順風満帆であった。

昭和三十年秋から翌年春にかけて、『それからの武蔵』が山ノ手書房から刊行された。ただしこのときは現在流布している六巻本ではなく、『それからの武蔵』「波浪の巻」「山雨の巻」、『肥後の武蔵』「江戸の巻」「島原の巻」「熊本城の巻」の五巻で、六巻目にあたる「天命編」は書き上がっていなかった。

本の売れ行きはほぼ順調だったが、間もなくして出版社の経営が怪しくなり、ついには印税代わりに著書が物納され、父の部屋に山積みされた。これの処分に父は随分苦労したが、単行本になったお陰で俳優の片岡千恵蔵の目に留まり、『剣豪二刀流』と題して映画化されたのだから、支払われなかった印税分は手に入れたことになる。

千恵蔵は『それからの武蔵』の読後感を父に寄せているが、その一部を父は「あとがき」に次のように紹介している。

「自分は、半生を武蔵と共に歩いた芸道の行者をもって任じているが、小説の上の武蔵が、二十九か三十で人格を完成して、明日の修行がないのを不満に思っていた。しかるに、今、『それからの武蔵』をよんで、これあるかなと共鳴した」

父の「武蔵」は、「天命編」を書き上げて完結し、東都書房から刊行され、こちらの売れ行きは絶好調だった。

少年小説『山犬少年』は、小学館の学年雑誌に連載され、三十一年に小学館児童文学賞を受賞したあと、ラジオの連続ドラマとして放送された。ドラマは毎回父が歌う「木挽き唄」で始まるが、この唄は「五木の子守唄」とともに父の得意の唄で、酔うと必ず歌う一曲だった。なお、父はドラマを収録した録音テープを放送局から譲り受け、球磨郡内の学校などに貸し出し、子供たちに聞いてもらっていた。私は、ダビングしたカセットテープを村山一壷さんの娘さんに譲ってもらい、時折父の歌声を懐かしく聞いている。

## ユズ煮と赤飯

父を訪ねるとき、私は玄関の扉を開けると、「こんにちは」と一声かけて上がり込み、二階の書斎に向かう。ときには一階の住人が出てきて笑顔を見せるが、お互いに話すことがないので会釈を交わすだけである。書斎の襖を開けると父は眼鏡越しに私をちらっと見て、「おう、来たか」と言い、あとは私の存在には気にも留めず原稿を書き進める。切りがよいところで万年筆を置き、お茶をいれながら「学業のほうはどうだ」と私の報告を求める。

いつもは大体こんなふうだったが、その日は違っていた。万年筆も置かずに、「ユズ煮、うまかったよ」といきなり言った。それを言うのを待っていたかのようだった。

唐突な父の言葉だったので返答に詰まっている私に、「お母さんが煮てくれたユズの皮だよ」と、父は念を押すように言った。

父が言っている意味は初めから分かっていたが、母がつくったユズ煮を届けたのは秋のことで、もう二カ月も前である。ユズ煮は絞ったあとのユズの皮を袋ごと刻み、柔らかくなるまで煮たあと醤油と唐辛子で味付けし、時折かき回しながら煮詰める、ただそれだけのことだがつくる人によって微妙に味が異なる。秋になると母は一度はこのユズ煮をつくり、家庭の人だった頃の父が好んで食べていたのを私は覚えている。

昭和三十一年の秋、母は鍋のユズ煮を味見しながら「お父さんに届けてくれないかい」と遠慮がちに小さな声で言った。もちろん私は承知した。母の心がすっかり穏やかになったのがうれしかった。

父は、小さな器のユズ煮を指先でつまみ口に運び、その指先をなめてお茶をすすった。二、三度つまんだあと、「お前も飲むか」と言いながら焼酎のお湯割りをつくった。父の酒の肴は漬物など塩けのものと決まっており、それも時折つまむだけだったが、このときは二口三口飲むたびにユズ煮をつまんだ。父はいつまでも黙ったままだった。

母手づくりのユズ煮を届けてから二ヵ月、その間いくたびも訪ねているが父は一度もそのことには触れなかった。それが二カ月経った今、いきなり「うまかった」と言われて私は面食らった。

「変わりないか、お母さんは」父はつづけた。

父が母のことを尋ねることはこれまでにないことだった。

「それがこの一週間ほど、まったく食欲がないんです」

私は、母が風邪で寝込んだあと食欲を失っていることを告げた。

「今度引っ越した家がいけないのじゃないか、路地奥のあの場所は湿気があって体によくない」

私と母は、この九月に矢来町から横寺町に引っ越していた。六畳一間の一戸建てで、神楽坂通りから一本入った路地にあった。父には所番地と路地の入口にある「飯塚酒店」が目印になることだけは教えてあったが、地形までは説明していなかった。

父がこの路地に詳しかったわけに気付いたのは、だいぶ経ってからである。路地の中程に「飯塚質店」があり、母は旧知のように気安く利用していた。のちのことだが父もまた離れたところに住んでいながら、わざわざ「飯塚質店」に足を運んでいた。偶然の一致ではなかったようだ。父母は若い頃神楽坂に住んでいて、母の縫い賃だけで生活していたと聞いていたが、おそらくその頃この質屋に通っていたのだろう。住まいもこの近くだったに違いない。

「新宿へ行こう、支度するから外で待っていなさい」

言いながら父は火鉢から鉄瓶をおろし、熾《おき》に灰をかけた。

父は道々ほとんど口も利かず、新宿駅東口前の食品デパート「二幸」に直行し、赤飯の折詰めとアミの塩辛を買い求めた。

「お母さんの好物だ、病後は決まって赤飯を食べていた」

早く持ち帰れと言わんばかりに、父は包みを押しつけた。

父の言葉どおり、母は赤飯を口にしたあと食欲を取り戻し、正月にはすっかり元気になっていた。

## 持ち家

昭和三十二年十一月二十五日、父は新宿区十二社《じゅうにそう》に新居を構えた。今度は借家ではなく、印税、稿料を注ぎ込んで購入した自分の家である。父はこれまでの長い人生、数え切れないほど転居しているが、いずれも借間借家で、一度も自分の家を持ったことがなかった。晴山の生家にしたって、父の兄の名義だった。六十一歳になって初めて自分の家を持ったのである。

父に家を購入したことを知らされたのは、引っ越し直前のことだった。

「作業は業者がすべてやってくれるので、手伝いの必要はない。荷物が片付いて落ち着いた頃、訪ねてきなさい」

原稿用紙の裏に住所と地図を書き、私に差し出した。家を買ったにしてはあまり嬉しそうに見えなかったので、私に気兼ねしているのかもしれないと思い、「よかったですね」と明るく言うと、

「第一歩だ、新しい家でいっぱい仕事すれば、お前たちも幸せになれる」

父は思い直したように言い、軽く笑った。

「そうそう、これはお前が持っていなさい、卒業論文に役立つだろう。武蔵を書き上げたので、お父さんにはもう必要ない」

私が帰りかけると、父は本棚から『讀史備要』を引っ張り出した。

年表を初め歴史上の重要事項。様々な系図、索引等が整然と編纂された、歴史を学ぶ者にとっては必携の一書である。

十二社の新居は高台の高級住宅地にあり、中古ながらも二階建ての堂々とした構えだった。坂を下ればバスがあり、新宿駅からはひと歩きあったが、今は高層ビル街になっている淀橋浄水場の敷地を突っ切れば、かなり近道で行けた。

私が初めて訪ねたのは、年末になってからだった。父の書斎は二階にあり、十数畳の広間だった。広間の奥にテーブルを置き、そこが父の定位置だったが、六畳かせいぜい八畳間の父しか見ていない私には、どこか座りが悪そうに見えてならなかった。

## 家出

昭和三十三年は波乱の年であった。

二月初めの早朝、私は玄関の戸を激しく叩く音で目を覚ました。

戸を開けると、そこには小さなボストンバッグをさげた父が立っていた。

「戻って来たぞ」

父は一言いった。その顔は、笑っているようにも泣いているようにも見えた。

私は意味が飲み込めないまま、父を招き入れた。私のうしろに立っていたちどりは、慌てて布団を片付けた。ちどりとは前年の夏結婚していて、式も挙げないまま横寺町の小さな家に二人で暮らしていた。もちろん父も了承の上のことだった。母は体調を崩した姉を助けるために晴山に行っており、これは父の要望でもあった。

「あの家で暮らすことに耐えられなくなったので、家出してきた。お前たちと楽しく暮らすのがお父さんの本当の願いだ」

父は、新しい家庭が破綻した理由を興奮気味に話した。父の家出が単なる痴話喧嘩の末などではなく、父の精神生活に及ぶ根本的な問題があってのことであることが私にも理解できた。

表面的には、夫婦生活の破綻である。それ以上のことは、のちの裁判の折の記録に残るのみ、私からはここでの公表は控えることにする。

ちどりが朝食の用意を調えると、父は思い出したようにボストンバッグを開け、「これだけは忘れずに持ってきたよ」と言いながら紙に包んだ三個の茶褐色の塊を取り出した。干し味噌である。醬油の搾り滓に唐辛子やユズの皮などを混ぜ、丸めたあと日干ししたものであるが、父はこれが大好物だった。その頃は球磨郡でも自家製の醬油を造る家が少なく、したがって干し味噌もなかなか入手できないでいた。父が宝物のように取り出した干し味噌は、ちどりの母親の手作りで、わざわざ送ってくれたものだった。

ちどりが干し味噌を軽くあぶって持ってくると、「何か飲むものはないか」と父は遠慮っぽく言った。「気が付かず、ごめんなさい」、私はあわててトリスのお湯割りをこしらえた。

父のボストンバッグには、干し味噌のほかに、二百字詰百枚綴の原稿用紙四冊と万年筆、それにインクが一瓶入っていた。原稿用紙は神楽坂の山田屋製、万年筆はオノトで、ともに父の愛用の品、必需品だったが、これが家出に際して持ち出した物のすべてだった。

父の体が揺れてきたので床をとって寝かせると、たちまちいびきをかきはじめた。よほど疲れていたに違いない。家を出る頃合を見計らうため、眠らずに朝を迎えたことだろう。家の者に気付かれないように足音を忍ばせる父、いや気付いていても素知らぬふりをしている家の者たち、双方の姿が見えるような気がした。

昼近くになって、父ははっとしたようにとび起きた。

「銀行へ行くのだった、お前も一緒に行こう」

都電十三番線で新宿へ向かう道々、父は、まとまった原稿料の横線小切手がこの日現金になるし、続いて近日中にかなりの印税が入るから、そしたら広いところに引っ越して一緒に暮らそうと、朝とはまったく違った明るい表情で語った。

銀行に着き、父が窓口から応接室に移されて話し込んでいる間、私は椅子に座って待っていたが、あまり時間が掛かるので胸騒ぎがしてきた。

「引き出せないように手が打ってあった。この分では印税のほうも危ない」

父は公衆電話を探し、出版社に連絡を入れたが、やはり夫人の名で押さえられていた。

私は落胆する父を名曲喫茶に誘い、『英雄』をリクエストした。

父は黙ったまま、いつまでも目を閉じていた。

## 占領

新居に移ってからわずか二カ月余りでその家を出てしまった父は、神楽坂の電車道に面した旅館「白菊」に逗留することになった。

離婚訴訟が起こされたのは、その数日後のことだった。裁判沙汰になることなど夢想だにしていなかった父は「まさかそこまでするとは」と、悲しげに顔をゆがめた。父としては自分が家を出ることによって相手はその真意を悟り、あとは話し合いによって穏やかに解決すると考えていたようだ。

急遽、義兄の知り合いの若い弁護士を雇い、本格的な争いに突入してしまった。旅館の一室で弁護士を中心にして策を練るのだが、父にとっては苦痛の日々だったに違いない。ときには弁護士に不躾とも思える質問を受け、唇を震わせることもあった。

「わしは敵地に突入することにした。二階を占領するのだ」

三月の末、大学は休みに入っていたので朝のうちに訪ねると、父は待ち兼ねたように言った。十年以上も前盛んに使われていた言葉を聞いて私があっけにとられていると、父はさらに続けた。

「十二社の家だよ、こんなところで弁護士と話し合っていても間尺に合わぬ。乗り込んで行き、二階を占領し、堂々と戦うことにした。ついてはお前たちも一緒に来て、わしと共に戦ってくれ」

自ら飛び出してきた自分の家に帰るだけなのに、随分と大袈裟な言い様だったなと今はおかしく思うが、そのときは戦友か部下の兵士になったような心持ちになり、私は「もちろんお父さんと一緒に行きます」と言ってしまった。

かくして、三月二十七日、父と私とちどりの三人は、引っ越し屋のオート三輪に打ち乗って、十二社へと向かった。敵兵は身を潜めているのか姿を現わさず、なんの抵抗も受けずに二階部分の占領作戦を完了した。

「すんなりいったな」

父は久し振りに自分の席に座り、緊張の解けた顔で笑った。

## 二日酔いの妙薬

誠に奇妙な生活が始まった。

二階の主と一階の主が法廷を戦場として戦っているのだが、家の中ではたまたま廊下などで鉢合わせになっても面と向かっては口争い一つしなかった。父と私は便所に行くとき、風呂に入るとき、外出のときだけ一階に下りればよいので一階の主に出会うことも少なかった。しかし、ちどりだけは炊事のたびに一階の台所に行かねばならず、時間帯が重なるのでいやでも顔を合わせる機会が多かった。父方の者としていじめられることはなかったが、人生訓はたっぷりと聞かされていたようだ。

愉快な日々ではなかったが、父との生活は晴山時代以来だったのでそれなりに楽しかった。

私がひどい二日酔いで寝込み、水も喉を通らなくなったときは、「酒は修行だ、死ぬほどの思いをしながら強くなる」と常々言っていた父もさすがに心配になったらしく、「二日酔いの妙薬だ、これを飲めば食がつく」と言いながら枕もとに茶碗を運んで来てくれた。御飯に白湯をかけ、よくかき混ぜたあとの白い汁に少し塩を加えただけのものだが、これが不思議と喉を通った。

父手作りの妙薬が効いたのか、ちどりが買ってきた二日酔いの薬「リドー液」の薬効のお陰か、四日目には起き上がることができた。しばらくはコップの水を見ても気分が悪くなったが、いつの間にか父の相手がつとまるようになり、修行を積むことができた。

二日酔いで食欲を失い、空腹とむかつきで起きあがれなくなる、いわゆる「ちかだれ」になると、今でも御飯の汁を飲んでいる。二日酔いは二度と味わいたくないほど辛いが、枕もとに座り込み心配そうに苦しむ私を見下ろしていた父の顔が思い出され、懐かしさのあまり修行の続行を誓わざるを得なくなるのである。

父は、いわゆる自棄酒は飲まなかった。不快なことの続くこの時期も、お湯割りの焼酎をうまそうにちびちびと飲んでいた。

## 日々寸描

私が十二社の家にいたのは一年間だったが、その間父はたびたび家を離れていたので、共に暮らしたのは正味八カ月足らずである。それでも父との生活は少年時代の晴山以来で、私には懐かしい思い出として残っている。父を巡る日々の出来事の中には、わざわざ項を立てて書くほどでもない小さな事柄がたくさんあるが、そのいくつかを記しておきたい。

一階の台所には、千駄ケ谷の頃からの氷式の冷蔵庫が据えてあった。麦茶を冷やすなど氷が必要なときは、氷を取り出しその場でアイスピックで掻くのだが、その日は所定の場所にアイスピックがなく、私は洗面器に氷を入れ二階に運んだ。父の机の上から千枚通しを借り、サンルームで氷を割り始めた。そこに父がやって来た。

「力任せに突っついても割れるものではない。氷にも目というものがあり、そこを刺せば針の先でも割ることができる」

見下ろしながら、父が言った。

私には父のいう目がどこなのか分からず、ここはと思うところを刺してみたが、白く傷つくだけだった。

「お前には一念というものが足らぬ。一念を以て目を刺すのだ」

父はしゃがみ込み、私から千枚通しを受け取ると、氷をあちこちひっくり返しながら、ようやく目を見付けたらしく千枚通しを突き刺した。しかし、結果は私と同じだった。

「まあいい、お父さんは道理を言っただけだ」

そう言い置いて、父は部屋へ戻って行った。

父に頼まれて、原稿用紙を綴じるこよりを撚っていると、「だいぶうまくなったが、お前のこよりには芯がない。殊にこよりの先は針のようでなければ駄目だ」と注文をつけ、見本を示すように自らこよりを一本撚り、「昔、一念込めてこよりを畳に投げると、畳の目に突き刺せるというひとがいた」と言いながら、撚ったこよりを畳に投げつけた。もちろんこよりは、畳の上に落ちただけだった。

父の友人たちは、争議中の家庭を訪ねるのが煩わしかったのか、あまり顔を見せなかった。そのかわり父のほうが出掛けることが多く、その日も渋谷で漢学者の中山優さんに会うといって出て行った。夜遅くご機嫌で帰宅した父は、「道端で売っていた。大安売りな上にかなりまけさせたから、思わぬ大漁だ。ひと塩ものというから、うまいぞ」と言って、新聞紙にくるんだ包みを手渡した。包みを開けると、鼻をつく臭いとともに三尾のサバが出てきた。すぐに捨てようかとも思ったが、父のせっかくの好意を考えるとそうもいかず、かといって異臭がひどく部屋には置いておけないので、高窓を開け一階の屋根に乗せておくことにした。

翌朝、食事のときにサバのことを言い出すかなと思ったが父は何も言わず、昼食のときも父はそのことには触れなかった。忘れているに違いないと思い、安心して腐ったサバを処分した。その夕方、背広上下をちどりのところに持って来て、「至急、洗濯に出してくれ、臭いが移ってしまった」と言い、私に向かって「安物買いの銭失いだな」と照れくさそうに笑った。恐らく父は、帰りの閉め切ったタクシーの中でうすうす気付いていたに違いない。

父の好意といえば、こんなこともあった。

「お前たちも毎日息が詰まるだろう、今日は上野の動物園へでも行って、一日ゆっくりしてきなさい」

朝食のあと、父が言った。私は学校や図書館に出掛けるからよいが、買い物以外に出掛けるところのないちどりは気の休まることがなかっただろう。

父は、テーブルの上に十円玉を十枚並べ、さらに二枚加えて、「たまにはうまいものを食べなさい」と、にこにこ顔で言った。私はあっけにとられながら、受け取った。渋谷駅前の貧乏学生に人気のあるホームラン軒のラーメンだって三十五円する。父は、昔の上野辺りを思い出しているうちに、金銭感覚まで昔にかえってしまっていたに違いない。

久しぶりに郁子が義父の喜代三さんを連れて、父を訪ねて来た。喜代三さんは父よりだいぶ若く、酒もかなりのものだった。二人とも酒量がすすみ、父は得意の喉で歌い始めた。『五木の子守唄』や『稗搗き節』など、九州の民謡を気持ちよさそうに歌っていたが、急に調子が変わり「おーい船方さん、船方さんよ、土手で呼ぶ声、きこえぬか……」と、最近流行っている三波春夫の『船方さんよ』を歌い始めたではないか。私は耳を疑った。『カチューシャの唄』や『さすらいの唄』などは聞いたことがあるが、流行歌は絶対に歌わぬ人だった。子供たちが歌うことも嫌った。どこで覚えたのか三番まで歌い、驚いている私に向かって「いい歌だろう」と言った。

「今度は私が踊りますから、歌って下さい」と、喜代三さんは鼻の頭に五円玉を糸で付け、鼻の穴にはちり紙を差し込んで、どじょうすくいの装いを整えた。

父が『安来節』を歌い始めると、彼は「もう少し速く」「少し速すぎる」と注文をし続けた。「踊りは歌に合わせるものだ」。要望に応えて何度も歌い直していた父だったが、ついに癇癪玉を破裂させてしまった。以後、父の『安来節』は聞いたことがない。

父は大相撲が好きで、その時期になると必ずラジオで聞いていた。特に栃光がひいきで、彼の取組のときは両手の拳を握り締め、歯を食いしばり、実況放送に合わせて上体を前後左右に揺らした。もし彼が負けようものなら、「わしがゆうた通りにせんから負けるのだ」と、青筋を立ててくやしがった。

たまには香織の家にテレビ観戦に行くこともあったが、小学生と幼稚園児の孫を相手にチャンネル争いをすると姉が嘆いていた。孫たちがアニメを見たいとぐずっても、父は決して譲らないばかりか「香織の教育がいけないから、子供たちが思いやりに欠けるのだ」と、姉までがとばっちりを受けたという。

## 川上ファン

父は、大相撲ほどではないが野球放送もよく聞いていた。交通事故を引き起こした選手が出場したときなどは、謹慎期間が短すぎると怒っていたくらいだから、かなりの情報を得ていたようだ。

昭和三十三年の日本シリーズは、巨人と西鉄の対戦だった。私と学友の久保山十一さんは、連日父の部屋で実況放送を聞いていた。父も話し相手があったほうが楽しいらしく、お気に入りの久保山さんの来宅が遅れると気をもむほどだった。ただし、父は巨人ファン、私たちは西鉄ファンで、いわばライバルの仲だった。

西鉄が初戦から三連敗して私たちがしょげていると、「勝負とは冷酷なものだ」と父は余裕たっぷりに言うのだった。

四戦目のとき、巨人の一塁手川上哲治選手がエラーをし、一塁セーフとなった。私も久保山さんも手を叩いて喜び、西鉄の思わぬ幸運を祝い合った。その時、父の怒鳴り声がとんだ。

「わしは、人の不幸を喜ぶような子供に育てた覚えはない。久保山君にしたってそうだ、君は学年は同じでも齢は上なのだから、勝樹をたしなめる立場にあるはずだ」

顔付きからして、どうやら本気で怒っているらしかった。

「川上選手といえば、郷里が生んだ大スターではないか、少しくらいの失敗をしたからといって非難してはならぬ」

しばらくして父は、その昔、川上家の人と面識があったことをあれこれと語り、だからこそ川上選手には特別の思いを込めて応援しているのだと、初めて打ち明けた。

西鉄三連勝までは父の部屋で聞いたが、決勝戦は久保山さんと近くの食堂でテレビ観戦した。結果は西鉄の逆転優勝だった。

久保山さんが帰りの挨拶をすると言うので、おそるおそる父の部屋に行くと、父は「よかったじゃないか」と少し寂しそうな笑顔で祝ってくれた。

## 就職の紹介状

昭和三十四年の元日、父は家にいなかった。前年の十二月から熊本へ行っており、十二社に帰ってきたのは一月十七日だった。その前にも六月から二カ月ほど熊本へ行っていた。紛争がややこしくなったり、裁判の日取りが近付くと、父は「弁護士とお前に万事任せる」と言い置いて、家を出てしまうのである。先方から提出される書面に目を通したり、ましてや法廷に立って証言したり抗弁することなど、父には出来なかった。父の神経は、そういうことに耐えられるように出来ていなかったのだ。

父の敗北は決定的になった。二階にある家財道具には、仮差押えの紙がぺたぺたと貼られた。重苦しく、不愉快な雰囲気に耐えられない父は、しばしば神楽坂の「白菊」に避難した。

「お父さんのことはもうよい、今度はお前の就職だ」

私が卒業論文が合格したことを報告した夜、父が言った。私はできれば学問を続けられないかと方策を模索していたので、就職活動の時機を失してしまっていた。

数日後、父に伴われて、以前ある新聞社の社長だった城戸元亮さんに会った。既に父の相談を受けていたらしく、城戸さんは「九州の大学に、君が研究している林業史の講座を開くよう努めよう」と約束してくれた。

帰宅後、父は「城戸さんのほうは時間が掛かるだろう」と言いながら、二通の紹介状を書いてくれた。一通は飼料会社の社長宛て、もう一通は国際電電の社長宛てだった。二人の社長とも「若い頃のお父さんそっくりだ」と口を合わせたように言い、採用は既に決まっているが何とかしようと言ってくれた。

熊本で教育委員長をしていた父の姉みちからは、教員の口を探すと言ってきた。こちらも父が依頼していたのだ。

父がこれほど私のために動いてくれたことは、これまでにないことだった。

## 完敗

就職先に迷っている私に、大学の樋口清之教授から『日本木炭史』の資料調査を手伝ってほしいと要請があった。もちろん私はよろこんで承諾した。

私は万々歳だったが、父のほうは完敗だった。家屋敷、差押えを受けていた印税等もすべて相手方のものとなった。

三月二十九日は父の六十三歳の誕生日、私は、傷心の父を励まそうと姉たちと語らって祝いの宴を開くことにした。父の友人や、何人かの編集者も来てくれたので大盛会だった。そのうち香織の夫高原佐久馬がクラブに出演していた楽団員を引き連れてきたので、それはもう大変な賑わいだった。階下に降りた折に夫人に出会ったが、夫人は嫌な顔をするどころか、ちらっと上を見上げで軽く笑った。彼女にしたって複雑な思いだったに違いない。

四月八日、私とちどりは、品川区戸越のアパートに移った。父を残して行くのは心配だったが、一刻も早くここを出て新しい生活を始めなさいと、父は私たちを追い出すかのように急き立てた。少ない荷物を運送屋のオート三輪に積み終えて、いよいよ家を出るとき、玄関に夫人が出て来て

「元気でね」と小声で言った。

「二人とも、ご苦労だった」

私たちが荷台の荷物の隅に乗り込むと、父は玄関から出て来て、他人行儀に頭を下げた。私は後ろ髪を引かれる思いだったが、一方、ようやく紛争の場から解き放たれてほっとした気分になったのも事実である。

一日置いた十日、父は五反田駅近くの喜代三さんの家にやって来た。皇太子（現、天皇）の御成婚パレードをテレビで観るためである。喜代三さん宅には、その頃まだ珍しかった大型テレビが据えてあった。父は、パレード中継の間、膝も崩さず、勧められた酒にも口を付けず、画面を観てい

た。「陛下は、お喜びだろう」。私のアパートに向かう道すがら、父がぽつりと言った。

## レコーディング

家を失った父のために、新しい住処を探さなければならなかった。私は土地勘のある神楽坂にアパートを見つけ父に告げると、父はどこでもよいと言って承諾した。引っ越したのは五月下旬だった。二階の六畳間に収まった父を見て、私は無性に嬉しかった。ようやく父は子供たちのもとに戻ってきたのだと思ったからだ。

六月一日付けの転居通知に、父は「このたび、家庭を去り左記に転住、独居の生活をはじめました。ついては煙草もやめ、週間月水金を禁酒の日とするなど、残年を清く終りたいと心に期しております」と書いている。

父の禁煙禁酒がどのくらいの期間続いたかは定かではないが、数日後に訪ねたときにはお湯割りの焼酎を飲んでいたように記憶している。会うのは初めての長野惟敬さんと飲んでいたから、間違いない。父も長野さんとは前日、同窓会の会場で知り合ったばかりだった。彼は父より三十数歳後輩で、いかにも熊本人という感じの人で、父は大いに気に入っているらしかった。その長野さんが、父の『五木の子守唄』をレコーディングするという話を持ち込んできた。当日は彼の車でコロンビアレコードのスタジオに乗り付けた。控え室に入ると父は緊張の面持ちでお茶をすすっていたが、

「酒を買ってきてくれないか」と、付き人よろしく従っていた長野さんに言い付けた。二合瓶の酒を飲み終えた頃、発声テストが始まったが、いつもの声が出ない。父は再び酒を注文した。「先生、酔ってしまいますよ」と彼が心配すると、「わしの声は、酔うほどによくなる」と言ってきかない。二本目を飲み終わるまで待ってもらって、父は録音室に入って行った。

やがて控え室に戻って来た父は、「声は出たが、歌詞を途中で忘れてしまい、何度やっても駄目だった。後日やり直すことにした」と、照れ笑いを浮かべながら言った。酔ったせいとは言わなかった。

その後レコード会社に呼ばれなかったのか、この話は立ち消えとなった。

## スープ

その日、父の部屋を訪ねると窓は開け放たれているのに、焦げ臭い臭いがただよっていた。

「長野君がやって来て、ご馳走すると言うもので、そこのそば屋で一杯やって帰ってきたらこの有様だ」

私が異臭の原因を問う前に、父はそう言って部屋の隅を指差した。目をやると、雑誌を並べた上に真っ黒に焦げた小さな鍋と電熱器が置かれてあった。

小振りのジャガイモ、トマト、タマネギを丸ごと鍋に入れ、たっぷりの水でじっくりと煮込むのが父特製のスープだった。お椀に注いだあと塩をぱらぱらと振って味付けするのだが、これが結構うまいのだ。

父はこのスープ鍋を電熱器にかけたまま、出掛けてしまったのである。帰宅したときには、部屋は煙に満ち、鍋の中の野菜は炭化し今にも火を吹きそうだったという。

「鍋と電熱器、持ち帰ってそちらで処分してくれないか、この辺に捨てて大家に気付かれでもしたら面倒だからな」と、父は子供のようなことを言い、「持ち合わせがあったら、鍋と電熱器、お前のほうで都合してくれまいか」と続けた。

私に持ち合わせはなかった。樋口教授の『日本木炭史』執筆は全国燃料会館という社団法人の依頼で始められたもので、私の給料もそこから出ていた。しかし、日給四百二十円では、普段持ち歩く金は限られ、資料調査のために通い続けている国会図書館の食堂で注文する一杯五円の味噌汁でさえ私には贅沢な品だったのだ。

「明日、ちどりに持たせますから」

熱源は階下の大家の台所が共用なのでよいとして、鍋はご飯を炊く鍋しか残っておらず、不自由するに決まっている。

「無理しなくていい、いざというときは、飯塚があるから」

どうやら父は、飯塚質屋の顧客になっているようだった。

## 塾の顧問

私はアパートの隣室を借りて学習塾を開くことにした。いずれ帰郷中の母を呼び寄せねばならなかったが、六畳一間ではどうにもならず、収入も不足している。塾をやれば一部屋確保できるうえに、収入も増えると考えたのである。父に話すと「それは妙案だ」と賛成してくれた。

数日後の日曜日、知り合いになったばかりの近所の大工が実費で作ってくれた長机を並べていると、父がひょっこり訪ねてきた。まったく思いがけない訪問だった。

「看板の文字でも書いてやろうと思って」と、父は汗を拭いながら言った。

私は、アパートの入口の扉に所在を示す紙を貼ればよいと考えていたので、看板など用意していなかった。急いで大工の家に行き注文すると、やがて大工が持ってきたのは幅三十センチ縦一メートル半ほどもある本格的なものだった。私はその大きさに驚いたが、父は満足げに筆にたっぷりと墨を含ませ、「小山学習室」と一気に書き上げた。大家の跡取り息子が扉の横のモルタル壁に取り付け用の釘を打ってくれた。

生徒募集のビラを電柱に貼り、銭湯にも貼ってもらうよう頼んだが、一週経っても近所の子が三人来ただけだった。これでは部屋代にもならない。そのことを話すと、「お父さんが顧問になろう、尾崎士郎にもなってもらおう、早速宣伝しなさい」。父は思いがけないことを申し出た。

新聞の折込み広告を出すと、宣伝の効果か学校が夏休みに入ったせいか、生徒は八人になった。父がやってきて、子供たちに化け物の話を聞かせてくれた。子供たちは大喜びしたが、帰りの夜道を怖がるので、一人一人送り届けなければならなかった。その後も父は何度かやってきて、子供たちを喜ばせてくれた。

## 銀座ライオン

十月十八日、戸越のアパートに父が訪ねて来た。塾の子供たちに話を聞かせてくれる日は、たいてい夕方にやってきて一泊するのだったが、この日は午前中の来訪だった。日曜日だったので私は家におり、図書館で書き取った数日分の木炭に関する資料を整理していた。学習塾を始めてからは、平日は塾が休みの水曜日しか父を訪ねられなかったので、父のほうからやって来たのだろうとしか思わず、父もこれといった用件も告げず、午後には帰って行った。

三日後の水曜日、図書館の帰りに父を訪ねると、父は私を待ち兼ねていた様子だった。

「午前中、離婚の書類に判を押してきたよ。これできれいさっぱり、すべてが終わった」

判を押すためにどこへ出向いたのか父は言わなかったが、先日訪ねてきたのは私に同席を頼むためではなかったのかと思い、なんだか父がかわいそうになってしまった。また、この件はとっくに片付いていると思っていただけに、意外な話を聞く思いでもあった。

「きのう、『象の王者プーロン』の印税が入ったよ。僅かだが今は大助かりだ。それでお前と銀座へ行こうと、待っていたんだ」

父の声が急に明るくなった。

『象のプーロン』は海外小説で、学生が直訳したものをもとに、父が少年物に書き直した単行本で、紛争中の十二社の二階で書いた、数少ない作品の中の一冊である
父と電車に乗るのは久しぶりのことだった。有楽町で降り、父は行き先も告げず、人通りの多い大通りをすたすたと歩き始めた。様々な商品が飾り付けられているウインドウには目もくれず、正面を見据えたままだった。父は若いときからそうだったらしいが、散歩のようなぶらぶら歩きは苦手で、目的地に行くための手段としてしか歩かない人だった。

すたすたと八丁目まで歩き、たどり着いたところは、昔から名の知られたビヤホール「ライオン」だった。父は生ビールを飲みながら、若いときこの店を舞台に繰り広げた武勇伝を楽しそうに語った。

事件に区切りがつき、安堵の色は見えたが、六十三歳の父の横顔はやつれていた。

## 最後の上京

十一月十日、父は郷里の晴山で『随筆・それからの武蔵』を書き上げると言って、神楽坂に借り

ていた部屋はそのままにして、東京を発った。二週間ほど熊本市内で過ごしたあと晴山に帰り着いたが、その直後体調を崩して寝込んでしまった。診療所の医師の診断では腎臓と肝臓に異常があるとのことで、酒も飲みたくないと手紙に書いている。病状は十二月に入っても回復せず、父は不安を感じるようになっていた。六日付けの手紙には「一時食欲もなくなったので、深夜目がさめると、ひしと老年のさびしさが、秋のさびしさと共に、しみとおることも度々だった。そしてやっぱりお前たちや友人がいる東京にもどりたいと願った」と書いてあり、十四日付けでは「晩秋ではあったし、病体だったので、自然のきびしい法則がひしひしと身にせまった。のがれ得ぬ自然の掟――死と共に、永遠なるものに就いても考えた」と心境を記している。

年が明けて昭和三十五年になると、父の病状は快方に向かったが、『随筆・それからの武蔵』の執筆は進まず、脱稿したのは約束の期日を大幅に過ぎた四月十五日のことだった。

父は、一カ所に長くとどまっていられない性格だった。あそこへ行きたい、あの場所に住みたいと考え始めると、もう矢も楯もたまらなくなってしまうのである。少年期、青年期の頃からそうであった。事情、理由はいろいろとあっただろうが、自制できないほどの願望による行動だったのだ。

この度の帰郷も、心の傷を癒すため、原稿を完成させるためだったには違いないが、晴山の生家に帰りたいという衝動を抑え切れなかったからでもある。だからこそ質種になりそうな物はすべて質入れして、旅費を工面したのだった。

さて、健康が回復し、『随筆・それからの武蔵』を書き上げてしまうと、父にとっての聖地晴山も長く居る場所ではなくなってしまったのであった。

父の上京したいという願望は日に日に高まっていった。月に二、三通はくる手紙には、必ずそのことが書いてあった。東京で再び父に会えることは嬉しいことだったが、私にとっては難題でもあった。旅費だけだったら父にも都合ができたであろうが、上京の際に着る洋服がなかった。帰郷の折に着ていたのは冬服で、合服、夏服は全部質屋の蔵の中だ。夏服だけでも送ってくれというが、一回も利息を払っていないのだから、まずその方から片付けなければならない。さらなる問題は、神楽坂の大家から部屋を空けてくれと通告を受けていることである。そうとなれば荷物を引き取り、父の住む場所をほかに用意しなければならない。

私には経済的なゆとりがなかった。『日本木炭史』編纂の仕事は三月で終わり、続いて年鑑編集のアルバイトをしていたが、塾の収入と、勤め始めたちどりの給料を合わせても、二月に呼び寄せた母との三人暮らしを支えるのがやっとという状態だった。

父は長野さんにも、洋服のこと、部屋のことをなんとかしてくれと度々要請の手紙を出しており、なにがしかの金も送っている。後輩の彼には甘えもあって、子供には言えない我侭を押し付けた。彼とても、事業に失敗した後、こじんまりと印刷の仕事をしている身だったので、父の要望を簡単には受けられなかった。

私と長野さんは対策を話し合い、大家と質屋に溜まっている分はまとめて後払いするからと話を付け、ともかく部屋を引き払い、夏服を請け出した。

部屋探しには丸一日かかった。不動産屋を何軒も回ったが、老齢の男で一人暮らしというだけでどこも断られた。ようやく引き受けてくれるアパートが見つかり、長野宅に保管してあった荷物を運び入れ、父を迎える準備が整った。

七月の末、父は意気揚々として東京に乗り込んで来た。

父、最後の上京だった。

## ラジオとかつお節

父のために借りたアパートは新宿区富久町にあり、都電の停留所からはそう遠くはなかった。木造二階建て、炊事場、便所は共同、もちろん風呂はなしだった。しかし、父は不満をもらすどころか、だれにも邪魔されることのない居場所を得て、喜んでいるようにも見えた。

二階の六畳間は西に面していて、午後になると一カ所しかない窓から夏の陽が容赦なく射し込んだ。窓を背に陣取っている父は、上半身裸になり、背中に濡れタオルを当てて暑さに耐えていた。座る位置を変えればと私も長野さんも勧めたが、父は「このほうが落ち着く。夏は暑いのが当たり前、わしはこれでよい」と言い、言ったあとから「それにしても今年は暑い、背中が燃えるようだ」と大きな口を開けて笑った。

父が新しく購入したものに、ソニー製のトランジスタラジオがある。放送局の人が選んでくれたということだった。私が訪ねたとき、父はニュースを聴いていたが、「これは小さくとも、性能は抜群だ」と言いながら手にとり、スイッチやダイヤルを操作して見せた後、得意顔で私に手渡した。私は店頭で見たことはあるが、手にするのは初めてだった。父は随分このトランジスタラジオを愛用していたようで、私も何度か交換用の電池を買いに行ったことがある。今、このラジオは、私の本箱の中にあるが、触ると父の指跡が消えてしまいそうで、滅多に取り出すことはない。

もう一つ、かつお節も父が自ら買ってきた。原稿用紙を敷き、刃渡り六センチほどのナイフで鉛筆を削る要領で削るのだが結構力が要り、力を込めるたびに口をとがらせたり歯をくいしばったりで、見ている私まで力んでしまうほどだった。だしをとったり、豆腐にかけたり、かつお節は父の料理には欠かせないものになっていたようだ。父がここで暮らしたのは約十カ月だが、その間に父に削られたかつお節は、それこそちびた鉛筆のように細っていた。

## のぞきからくり

無から出発する、と勢い込んで上京して来た父には、もちろん成算はあった。上京前に書き上げた『随筆・それからの武蔵』の印税を当面の生活費に充て、その間に次の作品を仕上げていけば生活は安定し、周囲の人をも潤すことができる、というのが胸の中に描いていた計画だった。

予定通り、印税は入った。しかし小説本体ほど発行部数は多くなく、神楽坂時代の家賃と質屋の精算で大半は消え、再会を喜び出版を祝して集って来る旧友たちとの宴会などで、あえなく底をついてしまった。

気力体力が未だ充実していない父は、短いものしか書けず、したがって稿料も少なく、思い出したように入ってくる増刷分の印税でようやく息をつくという状態だった。いうなれば、貧乏生活だったということである。

私は幼い頃から貧乏の父にしか縁がなかったせいか、そういう父にいっそうの親しみを覚えるのだった。

話題は文学論、人生論、時事問題、民俗学に関することなど様々だったが、問わず語りに語ってくれる父の若い頃の話は、子供にとっては最も興味をそそる父自身の歴史であり、また冒険談もあったりでまことに面白かった。聞き流すのが勿体ないので「自叙伝を書かないのですか」と聞いたことがあるが、父は「後生の人が書いてくれるだろう」と笑って答えるばかりだった。

私がゆっくりできる日は、お湯割り焼酎を飲みながらということになるのだが、後半になるとたいてい歌になる。『五木の子守唄』は父のおはこだったが、私は父が歌ういわゆる「勝清節」を覚えたくて幾度もせがんだ。父は歌詞を替えながら何度でも歌い、口移しに教えてもくれた。子供を優しく寝かせつけるとき、子守同士が身の上を歌うとき、雇主をそれとなく皮肉るとき、場合場合によって歌詞はもちろん歌い方も微妙に異なり、そこがむずかしかった。

父は「若い頃、松井須磨子と親交があって、彼女に『五木の子守唄』を教え、彼女からは『カチューシャの唄』などを習った」と言っていたが、考証するほどの問題ではないので私はそのままを信じている。当時は『五木の子守唄』とは言わず、単に『子守唄』と称していた、と父は付け加えたが、私が疎開した当時もそうだった。母の生家のある廻りの人たちも、父が生まれ育った晴山の人たちも、子守をするときや酒の席などでよくこの歌を歌ったが、わざわざ題名などを言わず、言うとすれば「子守唄」だった。別の節で歌われる「おろろんころろんばばの孫、ばばはおられんじいの孫、じいはどけ行かいた、じいは町に塩買いに……」も同じく「子守唄」だった。父はまた「一度『五木の』と名がついてしまえば変えようはないが、『球磨の子守唄』と呼ぶべきだ」とも言っていた。

父は歌がうまかった。その父を前にして私も歌ったが、私のほうはまるで音痴で、『球磨の六調子』や『どこいせ』『お岳参り』などを歌えば、「ここはこうだ」と父が直してくれる。さながら民謡教室のようであり、父と子の歌合戦のようでもあった。

父は、普段はあまり歌わない歌も思い出した。

「池辺吉十郎どんな、がんちがんち、ばいすりゃきんきらきん、吉次《きちじ》峠は見えやせぬ、それもそうかいきんきらきん、きんきらきんのがねまさどん、がねまさどんの横びゃぁびゃぁ、横びゃぁ縦びゃぁひゃぁつくばゃぁ」

田原坂の戦いを歌ったものだが、父は『田原坂』の元歌だと教えてくれた。ところどころ熊本の民謡『きんきらきん』にも似ていた。

「盆の十六日、おばじょんかた行たいば、なすび切っかたつけて、ふろなの煮染め」「向こう通るはお医者じゃないか、医者じゃなけれど薬箱さげて」

目を閉じ、頭を少し傾げて父は気持ちよさそうに歌った。

さればと、私は『のぞきからくり』で挑戦することにした。

『のぞきからくり』は母に教わったばかりだった。母はそう呼んでいたが正確には歌の題名ではない。観客にのぞきからくりを観せるとき、節をつけて演じられる「語り」である。

私はのぞきからくりを見たことがないので、その仕掛けを『広辞苑』から引用すると「箱の中に、幾枚かの絵を入れておき、これを順次に転換させ、箱の前方の眼鏡から覗かせる装置」ということである。

「ちびちょぼちょいとまた変われば、ここは逗子の海岸で」

私がここまで歌ったときである。

「パッパラパノパ、パッパラパノパ」

父が両手の指先で机の端を叩きながら、合の手を入れた。

私は驚いた。父がこの歌を知っていても不思議はなかったが、擬音の言い方と仕草が母のと全く同じだったからである。

「お母さんに教わったんだろう、のぞきからくりは若い頃一緒に観に行ったものだ。パッパラパノパは細いばちで板を叩く音で、これが鳴ると箱の中の場面が変わるんだ。たしか紐を引いて変えていたようだが、変わるたびに箱の中でバシャッと音がしていた」

父は懐かしそうに話した後、私のあとをうけて、続きを歌い始めた。

「武男がボートに移るとき、浪子は白いハンケチを打ち振りながらねえあなた……」。歌はよどみなく続き、「ないて血を吐くほととぎす」で、ようやく『不如帰』の読み切りが終わった。

その間、私はもっぱら「パッパラパノパ」の担当だった。「パッパラパノパ」と言いながら、私は離れて暮らす父と母の心境を思い遣った。若い二人がのぞきからくりを観たあと、帰り着いたわが家で差し向かいになり、余韻を楽しむように一人が口真似で歌い、一人が「パッパラパノパ」と言っていたのかと微笑ましく思う一方、二人の間に流れた時間の長さを考えないではいられなかった。

## 夢で会った

昭和三十六年の元日、私は母手作りの料理を持って父宅に向かった。料理といっても煮染めが主だったが、母は除夜の鐘が鳴る頃までかかって作った。無理に離縁させられたことなど忘れてしまったように、この頃の母は「お父さんが動けなくなったら、私が面倒をみる」と、父の一人暮らしを案じていた。

父は、一箸口に運ぶたびに私を見てにこっと笑った。うまいものを食べるときの父の癖だった。

二日置いて訪ねると、父の六畳間は大賑わいだった。父の友人が二人、それに長野さんと連れの二人、めいめい湯飲みやコップを傾け、かなり出来上がっている人もいた。

父は私を見るなり手招きして、「これを飯塚に持って行き、帰りに酒を調達してきてくれ」と、机の下から風呂敷包みを取り出した。

包みの中身は、先年受賞した小学館児童出版文化賞の記念のブロンズ像だった。

「必ず請け出して下さいよ、流されても金になりませんから」と苦笑しながらも、飯塚質店の主人は必要な分を貸してくれた。

正月早々の質屋通いで、私は父がすでに合服、夏服などを入質していることを知った。いずれまた請け出しのときひと騒ぎあるだろうなと思っていた矢先、幸運なことに私に予想を上回る収入があった。女性週刊誌の依頼で書き始めた紀行文の稿料が入るようになったのだ。早速、父の物を全部請け出し、母には老眼鏡を新調した。

二月二十三日、その日の父は打ち沈んでいた。

「おちや伯母さんが、昨日亡くなった」

ちやは父の長姉で、晴山から一里ほどの所に住んでいた。

「電報を打ってきてくれ。金は大丈夫か」

そう言いながら、父は原稿用紙を差し出した。

「ユメデアッタ、カエレヌ、カツキヨ」

電文には、そうあった。

## 観音像

父は、色紙や和紙によく絵を描いた。ある人が父の絵を骨董屋に持ち込んだところ、結構な値がついたらしいと、父はまんざらでもない顔で言っていた。一時は地蔵さんをさかんに描いていたが、ちや伯母が亡くなった頃から牛に乗った観音菩薩を描くようになった。

「椿の花の形は、どんなだったかな」

父は急に思い出せなくなったらしく、そう尋ねた。私は藪椿ならよく知っていたので、紙に描いて父に示した。

早速、父は大きめの梶紙を広げ、牛の背に横座りした観音菩薩を描き上げた。ほとんど人間の姿をした観音さんは、一輪の椿の花をかざしていた。父は、花だけに色を入れ、余白に「山椿花たばもちて母ぼさつ　春たつ山を　おりてきませり」と書き込んだ。

自らの絵を襖に貼って眺めていた父は、「お父さんが描く観音さまは母なのだ、母の象徴なのだ」とぽつりと言った。

観音さんといえば、十二社で一緒に暮らしていた頃、帰郷した父が観音像を持ち帰ったことがあった。晴山の観音堂に安置されていた木彫りの像だが、虫食いがひどく、細部は崩れ落ち、まるで流木のようだった。台座から外されたその観音像をテーブルの上に寝かせて置き、父は暇さえあれば見詰めていた。村人には修復するからと言って持ち出したらしいのだが、いつまで経っても返却されないので、姉を通して一刻も早い返却を催促してきた。

観音堂は子供たちの遊び場でもあったから、父も幼いときからこの観音像を見慣れていたに違いない。新家庭が崩壊し、心身共に疲れ切っていた父は、初めは傷んだ像を修復し自らも癒されたいと考えたのかも知れないが、手もとに置いているうちに手放し難くなってしまったのだろう。あるいは懐かしい観音像に、幼い頃に世を去った母親の面影を見ていたのかも知れない。観音菩薩は父にとっては信仰の対象というよりは、「母の象徴」だったのだ。

## 最後のスタート

「最後の少年小説を書く」

私が机の前に座るのも待たずに、父は宣言するように言った。このたびの上京から七カ月が経っていた。

「少年物は、これから書く山猫の話で最後だ。そのあとは大人の物に取り掛かる」

「山猫ですか?」

「お父さんが子供の頃は、球磨の山々には山犬と同様、山猫が棲むといわれていた。解剖学的には山猫とはいえないのかも知れない。しかし飼い猫や野良などの里猫とは違い、代々山で生まれ山で育った猫のことを山猫と呼んでいたのだ。野生のままの猫、爪を武器に生きていく猫、それを主人公に描きたいのだ」

構想がまだ固まっていないのか、父は筋書きまでは話してくれなかった。

短い沈黙の後、父が話し始めた。

「お父さんの生涯は、球磨と東京の行ったり来たりだった。青年時代に家を飛び出し、労働運動に身を置いたあと帰郷し、初めて山というものを見直し、そこに人生を見た。そこで上京し柳田先生の門に入り民俗学の研究。それにも挫折して球磨に帰る。その繰り返しだったが、今度こそは、最後のスタートだ」

「球磨に帰るたびに作品が生まれたのですね」

「そうだ、『或村の近世史』は最初の帰郷の折に構想が出来上がり、上京後に熊谷辰治郎さん主宰の雑誌『日本青年』に連載したものだ。一回分書けばひと月は食べていけたから、関東大震災のときも食費には事欠かなかった。『武蔵』を出してくれる東都書房重役の高橋君はその頃の読者で、たしか岐阜の青年だった」

父は、お茶をすすり、お湯割り焼酎を飲みながら、そのあとも自らの青年時代を語った。私は父が言った「最後」という言葉が妙に気になって、帰宅後忘れないようにメモに遺した。

## 最後の帰郷

父が最後の少年小説を書くと言ってから一カ月以上経ったが、一向に筆は進んでいないようだった。

「ペン先がどうもしっくりこない」

そう言いながら父は、オノトの万年筆にインクをつけ、原稿用紙に線を引いたり円を書いたりした。長年使い慣れた万年筆だったがペン先が摩滅したため、上京前にイリジウムを付け直したばかりだった。

「知り合いの歯医者に先を削ってもらったのだが、前のようにはいかない」

私には、書けない理由を万年筆のせいにしているように思えた。

五月の末、友人たちが父に呼ばれて集まって来た。元新聞記者の高木徳、大学教授で漢学者の中山優、神道関係の早川居沖、それに大手新聞社の社長だった城戸元亮の各氏で、いずれも父の旧友だった。

酒豪が五人揃い、酒宴は大いに盛り上がった。「それぞれの酒を一言で言うと」と、父は友人たちの顔を見やりながら口を開いた。

「城戸さんは辛酒、中山さんは楽酒、高木君は徳酒、早川君は論酒または貧酒」

「なるほど、見事に言い当てている」。城戸さんが感心すると、高木さんが「君自身はどうなんだ」と問い返した。

「さしずめわしは、苦酒というところかな」

そう答えて、父は大きな口を開けて笑った。笑った後、父は真顔になって言った。

「実はここを引き払って熊本に帰ろうと思い、最後というわけではありませんが、ご報告を述べるために集まって頂いたのです」

父の友人たちは驚いた顔をしたが、それよりも私のほうがもっと驚いた。まったくの寝耳に水の話だった。やっとの思いで上京してからまだ一年も経っていないのだ。

「小山さん、東京を去ってはいかん、ああたは東京は戦場と言うとったでしょう、今度こそ東京にとどまって仕事をしなけりゃいかん」

城戸さんの口調は穏やかだったが、まなざしは真剣だった。他の人たちも同感の意を示すように頷いた。

「大家には六月一杯で引き払うと言うてしもうた」

「すぐ撤回しなさい」

「相手の都合もあるのでそうもいかんでしょうが、残るとなれば高木邸の二階にでも居候します。徳さん、その折はよろしく」

父はお茶を濁してしまった。

そのあと友人たちは、父が用意した和紙に思い思いに筆を走らせたが、どれも父への送別の意が込められているようだった。なお、私のために、城戸さんは「山林之人」、中山さんは「山川事業」と揮毫して下さった。

翌日、私は真意を確認するために父を訪ねた。

「晴山に帰らなければ、どうしても書けぬ」

昨日、酒の席で言った父の言葉は本当だった。

「ついては、またお前に算段してもらわねばならん。今度ばかりは長野君に頼むわけにはいくまい」

帰郷にあたっての諸費用のことである。汽車賃だけならともかく、家賃の未払いがあるうえ、飯塚質屋にもまたまた世話になっているとのことで、私一人の手には負えそうになかった。

「郁子、香織にも話してくれないか」

父に言われるまでもなく、私は二人の姉に相談を持ち掛けた。もう一人、東京には十四子がいたが、相変わらずの貧乏暮らしで、金の相談はできなかった。姉たちは女だけに、母に対する父の仕打ちに憤慨していたが、今はそれも薄れており、応分の負担を快諾してくれた。

父が持ち帰るものは衣類と書籍の一部だけで、洋服簞笥や本棚など残りは私が預かることにした。

「なあに、すぐ戻ってくるさ、向こうでどんどん仕事をして、金が大丈夫となったら必ず戻ってくる。今度は大きな家を借りて、お前たちと一緒に暮らそう」

書籍類の仕分けを手伝っていると、肩越しに父が言った。母と同居している私と暮らせるはずはないのに、寂しそうにしている私を慰めるつもりだったのだろう。

特急「はやぶさ」の切符を届けると、父は「二十日発か、一週間しかないな。これから高木君の家に行くから、お前も一緒に行こう」と言い、外出の支度を始めた。

特別な用件があっての訪問ではなかったようで、父は釣りの話などしたあと離京の挨拶をし、一時間ほどで高木宅を辞した。

「五反田駅までタクシーで行こう、お前は途中で降りればよい」

父が急に言い出した。五反田まではそう遠くはなく、私のアパートはその途中にあった。

アパートの前でタクシーを止め、私が外に出てドアを閉めると、父は私が座っていた席に移動して、開いている窓から顔を出した。

父の視線はアパートの二階に向けられていた。半分開いた部屋の窓からは母の姿は見えなかったが、母は在宅していて、箱貼りの内職をしているはずだった。父が顔を出しているので、タクシーはなかなか発車しなかった。

父は偶然という機会を待ったのだ。しばらくして父は顔を引っ込めた。私が下から呼べば母は顔を出したはずである。しかしその時の私はそこまで気が回らなかった。父と母が顔を見合わせることのできた一度だけの機会、最後の機会だったのに、私の配慮のなさでそれを失わせてしまったのだ。今もって痛恨の極みである。

それから半年後に、母は世を去った。

六月二十日、私とちどりが父宅に着くと、父はもう旅支度を整えていた。

「十九時発ですから、早すぎますよ」

父がせっかちなことは知っていたが、発車時刻までは三時間近くもあり、いかにも早すぎた。

「荷物が片付いた部屋はどうも落ち着かない、せっかくだから途中でビールでも飲むとしよう」

都電で新宿に着くと、父は初めから決めたいたらしく、まっすぐ駅前の「新宿ライオン」に入り、ビールと枝豆を注文した。酒か焼酎でなくてよいのかと私が尋ねると、

「若いときは大きなジョッキでがぶがぶ飲んだものさ」と前置きして、以前聞いたことのある「銀座ライオン」での武勇伝を身振り手振りで話した。私には父が無理にはしゃいでいるように見えた。

国電中央線で東京駅に着くと、「まだ時間はあるだろう、もう一杯飲もう」と言って、父は私たちを駅舎内にあるレストランに連れて行った。

「別れの杯だ」。父は、飲めないちどりにもビールを注いだ。

東海道線のホームには、すでに列車が入っていた。寝台がセットされていたので、頭をぶつけるわけでもないのに父は身をかがめるようにして座席に腰を下ろした。

手作りの弁当、お湯で割った焼酎を入れた四合瓶などを手渡すと、父は上機嫌だった。長野さんが駆け付けてきたので、見送りは三人になった。

「ベルが鳴る前に外に出なさい」。追い出すような口調だった。

ベルが鳴り始めると、父は窓際に出てきた。笑っていた顔が次第にゆがんでいった。

父は旅立ってしまった。大いに語り、歌い、飲み、時には金の工面に困り果てた十カ月だった。

## 最後のおくりもの

帰郷した父からはしばしば手紙が届いた。小倉、熊本、八代などに立ち寄り、生家のある晴山に着いたのは七月二日のことだった。しかし、あれほど帰りたがった晴山も「不便で、前のように居心地もよくない」と、しばらく滞在しただけで、熊本や八代の親戚の家を転々としながら、落ち着く場所を求めていた。

その間、『晴山夜話』『晴山閑話』など短いものは書いていたが、帰郷してから書くとあれほど言っていた猫の物語のほうは一向にはかどらなかった。掲載先を決めていなかったのも一つの原因だったのかも知れない。もともと父は、締め切りが迫り切羽詰まらないと書けない性分だったのだ。

八月中旬、『熊本日日新聞』に連載することが決まると、ようやく筆の滑りがよくなった。題名は、初め『黒い爪』としていたが、『爪の王』に変更になった。

十月二日から連載が始まると、父は熊本市塩屋町のアパートに移った。「独居の生活に、こりごりしたはずだが、やっぱり、この道しか私にはない。が、今度は、うまくやるつもりだ」と、手紙に書いている。なお、この連載は、十二月三十日までの三カ月間続いたが、父が言っていたとおりに、これが最後の少年小説となった。

帰郷後の父はよく手紙を書き送ってくれたが、九月二十八日付の手紙は、私が予想だにしなかった内容だった。

「もし、玉枝を元の籍に入れ、子供たちが、公然と母と呼ぶことに満足してくれるなら、子供たちへの老父の最後のおくりものとして、これを実行してもよいと今は考えている。（中略）私としては、ちどりの正式入籍に先んじて、玉枝を復籍して、祝儀の席に、母親として、小山家のものとして、列席させたいとねがっている」

父はこの「老父の最後のおくりもの」は、みち伯母の提案で決意したと前置きしているが、後日みち伯母は「復縁の話は勝清のほうから相談があった」と話していた。

## 夢二式のひとみ

復縁の話を伝えると、母は照れたような優しい笑みを浮かべた。

その母が十二月二十八日、近くの病院に入院することになった。それほどの病状ではなかったが、私たちが所用で帰郷することを知った院長が、三食付きで預かりましょうと言ってくれたので、その言葉に甘えての入院だった。

昭和三十七年の元旦を久し振りで球磨郡で迎えた。その翌日、東京の郁子から母の病状が急変したと電報で知らせてきた。

私は父に「ニュウセキノケン、イソギタノム」と電報を打ち、東京へ取って返した。入籍の手続きがまだ終えていなかったのだ。

母は小康を保っていたが、一月十二日深夜、急逝した。六十八歳だった。

新聞の死亡広告には、「小山勝清の妻」とあった。密葬の後、父の指示を受け、遺骨を抱いて晴山の父の生家に向かった。

列車が熊本駅に着いた。人吉行きに乗り換えるためにホームに降りると、晴山で待っているはずの父が、親戚の者五人を従えて立っていた。父の姉川辺みち、その娘河北治子、兄信説の妻ハル、母の妹トモエの夫宇治山清蔵、その娘かほる、いずれも父の要請を受けて、母を出迎えてくれたのだ。

「ご苦労だった」。父は私から骨箱を受け取り、「お父さんの家に立ち寄ってくれ、人吉のほうには遅れて着くと連絡しておいた」と言って、改札口の方へ歩き出した。

アパートの父の部屋には、小机に白い布を敷いただけだが、祭壇が用意されていて、父は母の骨箱を安置した。

「遅かった、許してくれ」。父は頭を垂れ、うめくように言った。

父が何を詫びたのか推察はできても、私の口から憶測で言うことは憚られるほど、神聖な光景だった。

人吉へ向かう車中、父は母の骨箱を膝の上に抱いたままで、宇治山叔父が用意してくれた汽車弁にも箸をつけなかった。

父の指示で、人吉の宇治山宅で仮通夜を営んだ。父は母のために出来得る限りの演出をしようとしていた。

翌日晴山に到着すると、玄関先に親戚の者を初め多数の村人たちが立ち並んで母を迎え、その奥に父が頭を垂れていた。

遺骨を祭壇に安置した後、父は供えてあった弔電や香典・弔文の入った書留の束を手にとり、「こんなに頂いている」と、私に示した。俳優の片岡千恵蔵、月形龍之介氏からも届いていたが、「義理堅いものだ、出演した映画の原作者というだけなのに」と、父は軽く頭を下げて祭壇に戻した。

「これは高群逸枝さんからだ、お母さんも喜んでいるだろう」

女性史研究の大家、高群さんの弔歌が筆字で書かれていた。

「夢二式のひとみをもちて水清き川辺の里の少女なりしが」

父は往時を偲ぶように目を閉じた。

「お前たちは知らないだろうが、お母さんはとても美人だった。目が大きく、それを高群さんは竹久夢二の美人画になぞらえて夢二式のひとみと言ったのだ。高群さんらしい賛辞だ」

父は、「夢二式」の意味を説明した後、障子紙大の梶紙に書き写し、祭壇脇に貼り付けた。

通夜は、威儀を正した隼人どんが村の風習にのっとって仕切ってくれたが、その時代がかった口上はいっそう厳粛さを増した。

墓地は谷向かいにあった。座敷から見渡すことができ、愛国が戦死した折に父自らが新しく選んだ場所で、自分もそこに埋葬してくれと口にするほど気に入っていた。

村人が掘ってくれた塚穴に父は飛び下り、母の骨箱を丁寧に納めた。人の手を借りて塚穴から出た父は「座敷がよく見えるだろう」と、穴の中に話し掛けた。

翌朝、私が川辺川の河原から集めてきた小石を塚の上に敷き詰めていると、父もやって来て、平たく白い小石を塚の上に並べ始めた。

## 山つつじ

墓地から戻った父は、座敷の障子を開け放った。昨日、母を埋葬するとき舞っていた風花は止んでいたが、空はどんよりと曇っていて、冷たい風が吹き込んできた。河原の小石を敷き詰めた塚と白木の墓標が、そこだけ白く浮かび上がり、より近くに見えた。

「墓地の周りに山つつじを植えようと思う」

父がぽつりと言った。

「コサン山の隣接地にたくさん生えているとお母さんが言っていたから、それを移植しよう」

雑木を伐採した跡地一面に山つつじが自生し、煉瓦色の花を咲かせていたのは戦後三、四年頃までで、ひこばえが成長するにしたがってつつじは姿を消し、やがて元の雑木林に戻ってしまった。したがって父が山つつじの話を母から聞いたのは戦後間もない頃のことで、当時のわが家は貧乏はしていてもまだまだ平和だった。

「お父さんもやがては埋《い》かることになるが、それまでには山つつじに包まれているだろう」

父は煉瓦色の花に包まれた情景を思い描いているのか、墓地に対座したまま目を閉じた。

「晴山は不思議な土地だ。この谷あいの狭地に迷い込んで来た者は、何故かここに留まりたくなってしまうものらしい。小山の家にしたって、お前のお祖父さんが偶然通りかかったこの地に住み着いたのが初めだし、どこかの家が没落すると交替するように別の誰かがやって来て定住し、何年経っても戸数はさして変わらない。ただ、縁者が去ってしまい無縁になった墓石ばかりは増える一方で、あちこちに苔むしている。しかし、その下に眠る精霊たちはこの地を選んだことに満足しているに違いない。年に一度、盆がくれば村人の誰かしらが竹筒に盆花をさして手向けてくれるからだ」

父は障子を閉め、冷えた手を火鉢にかざした。私には、心なしか父の横顔がやつれているように見えた。

## うっ発ち茶

人吉駅で偶然、父と出会った。三日前、晴山から人吉までは一緒にバスに乗ったが、私たちはちどりの生家のある湯前町に向かい、父は熊本に帰ったはずであった。その父が駅の待合室に座っていたのである。

「あちこち立ち寄っているうちに、今日になってしまったよ」

私がどうしたのかと尋ねる前に、軽く笑いながら父が言った。

熊本に着くまでの車中、父は、中学校に入学するために初めて熊本に行ったときのこと、在学中父親危篤の報で帰郷したが死に目にはあえなかったことなど、おもに少年時代のことを語ってくれた。

熊本駅前のレストランで昼食をとった際、父は自分でビールを注文しておきながらほとんど口を付けなかった。私や通夜の席でも杯を置いたままだった父の姿を思い出し、どこか具合が悪いのではないかと不安がよぎったが口には出せなかった。

私たちは予定通り病床の信説伯父を見舞うため、駅前で父と別れたが、その折の父の寂しそうな顔が頭から離れず、見舞いを終えると父のアパートへ向かった。

「汽車の時間が迫ってきたから、もう来ないと思ったよ」

父はにこにこっと笑いながら言った。やはり私たちが訪ねてくることを期待していたのだ。

「お前たちは、お父さんができなかった分まで、よくお母さんに尽くしてくれた。これからは自分たちのためだけに一所懸命生きていきなさい。このことを言うのを忘れていたようで、気に掛かっていたのだ」

父はそう言いながらお茶をいれ、「うっ発ち茶だ、これを飲んだら出発しなさい」とわざわざ球磨地方の習慣をもじって言った。農作業の手伝いにきてくれた人たちに、休憩時間が終わったことを知らせ、そろそろ仕事にとりかかって下さいという合図に出すお茶のことを「うっ発ち茶」と言う。

父が「うっ発ち茶」などと言ったことはこれまでになかった。父はわざと陽気に振る舞おうとしているのだ、と私は思った。そう思うと急に胸が詰まってきて、あわてて父の顔から目をそらした。傍らのボストンバッグに新品の靴下が入っているのを思い出し、できるだけ時間をかけて引っぱり出して父の前に差し出した。

「これは助かる、こまごました物はつい買い忘れ、その時になって困ってしまうんだ。ちょうど欲しいと思っていたところだ」

大袈裟に喜んでみせる父は、もちろん、私の芝居に気付いていたのだ。

「タクシーはこっちだ」

アパートの玄関先で見送ってくれるのかと思っていたら、父は私たちを先導するように大通りまですたすたと歩いた。

私たちが乗り込んだタクシーが動き出しても、父は佇んだまま動かなかった。

「このまま走ってよかですか、止めましょうか」

バックミラーを覗いていた運転士が、父の姿を見兼ねたのか、そう言ってスピードを落とした。

父の見送りを受けるのは二度目だった。昭和十九年一月、父よりひと足先に疎開する折、東京駅で見送ってもらったのが一度目だが、その時は特殊な状況下でもあり幼くもあったので、別れというものをそれほど意識しなかったが、二度目のこのたびは正に後ろ髪を引かれる思いだった。

私が次に父に会ったとき、父は病院のベッドに臥していた。それ以後も病室以外で父を見ることはなかった。

タクシーの後部の窓から、立ち尽くす父の姿が遠ざかり、やがて消えた。

人吉駅で出会った父は、偶然そこにいたのではなく、わざわざ私の乗る汽車の時刻に合わせたのかも知れない、と思い始めている。

## 兆し

父が熊本市内のアパートを引き払って、八代市の川辺博通宅に身を寄せたのは、私たちが熊本を発ってから十日後のことだった。転居を報らせる父の葉書には「予定どおり二月一日八代の博通宅に移転した。からだを調整しつつ仕事をつづけるつもり」とあるだけだった。総合病院の内科医を務めている博通はみち伯母の息子、その妻の洋子は信説伯父の娘で、父には甥姪にあたるので気安く身を寄せることができたのだろう。

しかし、父は一カ所に住み続けることができなかった。母の忌明けの法事を晴山で営んだあとの父は、八代と晴山の往復を繰り返した。「故山を思うことしきりなので」晴山に帰り、「健康管理をしつつ仕事をする」ために八代に戻るといった具合だったが、五月になって「改めて墳墓の地として晴山にすみつき地をふみ固めることにした。父母が眠り今また妻の骨うずめたこの山里に」と、決意する父だった。

やがて、父は体調不良を訴えるようになった。しばしば八代へ出掛けるのは、それとなく医師の博通に診てもらうためだったのだ。その頃のことを、みちは「具合が悪いのだったら病院で精密検査を受けなさいといくら勧めても、勝清は怖がって言うことを聞かなかった」と振り返っている。

八月の新盆にわざわざ晴山に来てくれたみちは、さすがに父の症状を見兼ね、父を説得して熊本に連れ帰り、博通が勤める総合病院で精密検査を受けさせた。内科的には腎臓と血圧に異常が認められる程度だったが、前々から悩んでいた視力の衰えは、網膜に異常があるためであることが判明した。しかも病名が不明というので、父はショックを受け、みちに向かって「失明するくらいなら死を選ぶ」と、嘆くように言ったという。

折角の精密検査ではあったが、重大な兆しが見落とされていた。六十六歳の父の体は、この時既に病魔にとりつかれていたのだった。

## 直腸癌

精密検査の後、父は少年向けの翻案を引き受けた。少年物はもう書かないと言っていたのだが、書くほかなかった。日々の生活は博通夫妻に甘えるとしても、これまでの治療費を精算し、眼鏡をつくりかえ、事情が許せば今一度上京したいと願う父には、それらの費用を調達するためにも書く必要があったのだ。

視力の低下は治療によって食い止めることができ、失明の恐怖はひとまず去ったが、代わって日に日に痔疾が悪化していった。間断なく襲ってくる激痛のため、原稿を書くどころか、座ることさえできなくなってしまった。風呂に浸かれば幾分楽になることに気付いた父は、温泉旅館で書くことを思い立ち、その費用の要請が私のところにきた。早速工面して送金すると、父は八代市内にある日奈久温泉の「金波楼」に宿をとったが、痛みが和らぐほどの効果はなかった。二週間の滞在の後、再び博通宅に戻り、口述筆記を頼むなどしてようやく原稿を仕上げたのは十二月半ばになってからだった。

脱稿を機に専門医に診てもらうよう博通夫妻やみちに勧められ、父も一時はその気になったが、結局は晴山に逃げ帰ってしまった。ただならぬ痛みに内心癌を疑い始めていた父は、はっきりと宣言されるのが恐ろしかったのである。

晴山に辿り着いたもののそのまま寝付いてしまい、昭和三十八年の元旦も病床で迎えた。

二月十九日、父は意を決して熊本大学附属病院に入院した。そして三月十六日、直腸の手術が行われた。この段階で直腸癌であることが確定されたが、患部はきれいに除去でき、手術は大成功だったかにみえた。麻酔から覚めた父に、みちは「癌だったが完全に除去できた」と告げたという。みちとしては手術の成功を喜ぶあまりに言ったのだが、父が自分の本当の病名を知ってしまうことにもなった。父の癌が再発したとき、みちは「癌だったことを知らせなかったら、余計な恐怖を与えず済んだのに」と悔やんだものである。

手術後の回復は順調だった。手術に立ち会った郁子からも、術後に見舞った香織からも、帰京後の報告でそのように聞いたし、上京して来たみち伯母も快癒間違いなしと太鼓判を押した。その上、父からも心配をかけたがもう大丈夫との手紙が届いた。

私は初めての連載小説を引き受けたばかりだったが、安堵の胸をなで下ろし書き進めることができた。ところが三週間後の四月六日、直枝から「チチワルシ」の報が届いた。翌日熊大病院に駆け付けると、父は腸閉塞を併発していて、内科外科共同で必死の治療が続けられていた。体力的に再手術には耐えられないかも知れないが、明朝までに改善されなければ手術に踏み切る、という切羽詰まった状況だった。

明け方、病室に待つ私たちのもとに「手術の必要はなくなった」と看護婦が知らせてきた。みち伯母の目に涙が溢れた。男勝りで通っていた伯母の涙を見て、私もベッドの端に顔を埋めた。

徐々に回復してきた父は、「わしはニテンコウモン、偉くなったものだ」と冗談を言えるまでになった。人工肛門の手術で肛門が二つになったことを、宮本武蔵（二天）と水戸黄門にひっかけてのことだが、私には自虐的な言葉に聞こえて悲しかった。

私は四月末に東京に戻ったが、ちどりはさらに一カ月、退院の目処がつくまで看病を続けたが、その後ちどりは私のもとを去って行ったので、以後父とちどりは会うことはなかった。

六月二十日、父は熊大病院を退院して晴山の生家に帰ったが、体調は思わしくなかった。ほととぎすがしきりに啼いているという病床からの文に、私は昭和十九年の初夏、疎開先の晴山で父と初めてほととぎすの声を聞いたときのことを思い出した。「オッチョンチョゲサ、ケサオガオトト、センガンカケタカ、と啼くんだよ」と、父は血を吐くまで啼くというほととぎすの物語を語ってくれた。「ツキヒホシホシ」と啼く三光鳥の声も聞かれると、文には書いてあった。

## 悲運の人

退院四カ月半後の十一月四日、父は熊大病院に再入院した。癌の再発だった。コバルト照射が続けられたが、三十八年も暮れようとする十二月十一日、再手術が行われた。手術そのものは成功したが転移の有無は判明しないので、コバルト治療は続けられ、これが体に負担をかけた。

昭和三十九年二月、『それからの武蔵』のテレビ映画化が決定し、三月からNET系列で放映が始まり、それを待っていたかのように父は退院し、晴山に戻った。しかし、退院は早すぎたようで、コバルト治療の後遺症がひどく床を離れることができなかった。

吉報もあった。東都書房から『それからの武蔵』を新装のうえ再刊するといってきたのである。六十八歳の誕生日を迎えた父には何よりのプレゼントであった。全国の新聞に広告が載り、売れ行きはすこぶる好調で、金欠状態からはようやく解放された。

だが、放射線潰瘍による激痛は日に日に強くなり、六月十四日、三度目の入院をすることになった。肉体的な苦痛は想像に余りあるが、経済的に余裕のあるこのたびはだれに気兼ねする必要もなく、精神的には随分と楽であったであろう。

テレビ化、再刊と続き、十二社の紛争以来、ようやく巡ってきた幸運だったのに、その金を入院治療に使わねばならなかった父、愛してやまない晴山からの最後の旅立ちとなることも知らずに、全快を信じて病院に向かった父が、私は哀れに思えてならない。父はよく「英雄の死は非業なほど際立つものだ」と言っていたが、父は英雄ではないが悲運の人ではあった。

七月、みちの発案で『それからの武蔵』の出版祝賀会が開かれ、父の病室には甥や姪など熊本在住の十五人ほどが集った。父は印税は次の仕事のために使いたいと、長い間構想を温めている文学論を熱っぽく語り、最後に、『五木の子守唄』を唄った。近年、この時の録音テープを従兄の池井良暢から譲り受け、私は詳細を知ることができた。

## オピスタン

昭和四十年三月中旬、私はこの二月に再婚したばかりの郁枝を伴って父を見舞った。

父はベッドの上に半身を起こし、満面に笑みを浮かべて、私たちを迎えてくれた。見た目にはそうやつれてはおらず、重病を患っているようには見えなかった。付添婦の飯田さんの話では、朝から髭を剃り、髪をとかし、着物を着替えて、私たちの到着を待っていたということだった。

「郁枝さんの顔は覚えていないと思っていたが、会ってみたら思い出したよ」

八年ほど前、父と郁枝は一度だけ顔を合わせているのだが、父は手紙で顔は思い出せないといっていた。その時は数家族集まっての正月の宴会だったので覚えていないのが当然だったのだが、父はおそらく息子の嫁に気を遣ったのだろう。

「郁枝さんの東京弁、懐かしい」とも父は言った。神田生まれの神田育ちの郁枝の下町言葉を、父は愛でるように聞いていた。若い頃の父は、政官財はおろか思想家ややくざたちに対しても「正義の戦い」を挑んだというが、その折の啖呵が「神田のカッちゃん知らねえか」だった。体制に反抗し、資本家を懲らしめるいわゆる無頼漢にとって、神田は重要な活動の場所だったのだ。

父の顔が突然苦痛の表情に変わり、呻き声をあげた。すかさず飯田さんが枕もとの呼び鈴を押した。間もなく注射器を持った看護婦がやって来て、呻き続ける父の腕に注射の針を刺した。肉の削げ落ちた腕の皮膚が注射液が注入された分、膨らんだ。

「これさえ打てば、気分は壮快だ。オピスタンというのだが、万一の時のため、お前も覚えておくとよい」

たちまち元に戻った父は、陽気な声で話し始めた。合成麻薬のオピスタンは、鎮痛作用のほか気分を高揚させる作用もあるようだった。オピスタンだけが今の父の特効薬だったのだ。

## 味噌汁の具

私たちは昼間は父の病室に詰め、夜は病院からそう遠くないみち伯母の家に泊まったが、滞在中の父の状態は間欠的に襲ってくる激痛を除けば、概ね安定していた。激痛もオピスタンを打てば嘘のように消え、ベッドから起き上がることもできた。

私が父の背中や脚をさすっていると、初めのうちは気持ち良さそうにしているのだが、しばらくすると「お前は力ばかり入れて、いっこうに壷に当たらん」と、けちを付ける。飯田さんが代わろうとすると「あんたも勝樹とあまり変わらん」と、不機嫌そうに言う。「私でいいですか」と郁枝が言うと、父は目を閉じたままうなずく。郁枝としては夫や付添婦を差し置いてはと遠慮し、父のほうも会って間のない息子の嫁にあからさまに甘えられなかったのだ。たびたび繰り返されるこの「儀式」に、飯田さんと私は顔を見合わせて笑ったものだ。

父の食事は、病院食のほかに飯田さんが何品かつくっていたが、ある日、郁枝が味噌汁をつくって差し出すと、「わしは、これを食べたかったのだ、大根の味噌汁はこうでなくてはいかん、これが東京式だ」と父は大袈裟なまでに喜んだ。父の話によると、細かに切った大根を具にしてくれと頼むと、薄く輪切りにしたものしかつくってくれないと言うのだ。東京では大根の具といえば千切りが当たり前だったが、地方によっては輪切りが普通だったのだ。

三月二十九日、父の六十九歳の誕生日をささやかに祝っていると、婦長さんたちが名前入りのバースデイケーキを持って参加してくれた。看護婦の一人がカメラを向けると、父はナイフを持って嬉しそうにポーズをとった。

三週間の滞在中、父はまるで語り残すことを恐れるかのようによくしゃべった。殊にオピスタンを打ったあとは饒舌だった。主に是非確立したいという『民俗主義文学論』についてであったが、思い出話も多かった。郁枝には父の思想を知る初めての機会だった。

勝清鳥

私たちが東京に戻った後、父からは四月に二通、五月に二通短い手紙が届いた。そして、六月二十六日付けの手紙には「近頃患部の痛みが増し、字を書くのが苦痛になった。民俗主義文学論も書きかけたままになっている。しかし、そのうち痛みがうすらいだら執筆をつづける決意でいる」と、文学論完成への執念が綴られているが、これが父に貰った最後の手紙となった。

父危篤の報を受けたのはそれから間もなくのことで、私と香織はすぐさま熊本へ飛んだ。病巣の悪化とともに転移も進んでいると、みち伯母が泣きそうな顔で告げた。病院の内科部長で院長である娘婿から刻々の報告を受けているだけに、伯母は病状の深刻さを知っていた。

父は危機を脱した。神経ブロックの処置を受けたので、痛みもかなり和らぎ、会話を交わせるまでに回復した。

「この前、中山優さんと高木徳さんが来てくれて、三人で一杯やろうということになったのだが、徳さんが灘の生一本しか飲まないと言うので、飯田さんがあちこち駆け回ってようやく手に入れたよ、わざと我儘を言って困らせるのも旧友に対する友情と思えば、ありがたいものだ。こちらが飲めないものだから、二人もあまり飲めず、気の毒なことをした」

父は冗談めかしく言ったあと、

「お父さんは鳥になって、球磨の山へ飛んで行くよ、村人たちがそれを見たら、ほれ勝清鳥が飛んで行く、と言うだろう」

と、話題を変え、望郷のまなざしで天井を見詰めた。やがて枕もとの台から葉書大の紙を取り上げ、仰向けのままサインペンを走らせた。

「勝清鳥が夕空とんでわが子かあいと啼いて行く」

七・七・七・五調の歌だった。

父は、勝清鳥を詠んだ歌を短歌も含めて数十首残しており、父の死後、従兄の池井武士により『勝清鳥』としてまとめられた。

## オノトの万年筆

八月にも駆け付けたが、その時も父は持ち直した。

「人一倍心臓が丈夫だからまだまだ生きられるそうだ、痛みさえとれたら民俗主義文学論に取り掛かれる。文学論が完成したら、それに則り新しい小説を書く。お前の小説にもきっと役立つ」

生への願望、書くことへの執着をにじませる言葉だったが、その声はか細かった。しかも痛みがとれるどころか、話しているうちにも激痛が襲い、オピスタンが効いている時間も以前より短くなっていた。

なお、父は医者に心臓が丈夫だと言われたと喜んでいたが、七、八年前の千駄ケ谷時代は、自分は心臓が悪いと思い込んでいて、薬局でカリクレインという注射液を買って自分で打っていた。

当分急変の心配がないことを確かめたので、私は東京に帰ることにして父に告げた。

「切符を買うのが大変だろう、こちらで手配するからしばらく待ちなさい」と言いながら、居合わせたみち伯母に「少しばかり先のでよいから、指定券を手に入れて下さい」と頼み込んだ。

「勝樹にも都合があるのだから、あまり無理を言うものじゃないよ」と言いながらも、伯母は父の申し出を引き受けた。校正で生活費を稼いでいる私としては、早く帰京するに越したことはないのだが、断ることができなかった。

「そうそう、お前にオノトの万年筆を上げよう」

父は私を引き止める代償として愛用の品を選んだに違いないが、その子供っぽい発想が私には悲しかった。

「勝清鳥はわがまま鳥よ　人のいうことききはせぬ」

父は葉書大の紙に歌を書き付け、にやりと笑った。

「ほんとに勝清は、子供の時からわがまま鳥じゃった、今さら直るものじゃなし、いくらでもわがままを言うてよか」

みち伯母が言った。

## 手塚病院に転院

九月四日、父は人吉市の手塚病院に転院した。

父は、数日前から晴山に帰りたいと言い出し、その願望は日毎に、いや時間毎に強くなり、担当医や看護婦に、また病室を訪れる見舞い客にまで必死に訴え懇願した。医者から今の体力では無理だと言い渡されると、それでは食事も薬も絶つといって抵抗した。「勝清の最後のわがままだと思い、私も一緒になって頼み込んだ」と、みち伯母は回想している。

病院側は、院長の叔父ということもあったのだろう、父の退院を許可し、それればかりか救急車を用意し、担当医と婦長まで同乗して球磨まで送ってくれることになった。しかし、父が熱望した晴山はいかにも無理で、病院側が人吉市内の手塚病院を手配してくれたのだった。

私が郁枝を伴って駆け付けたとき、父の血圧は低下していて危険な状態だったが、生命力がよほど強かったのか、父は今回も危機を脱した。

「あと一歩で晴山というところまで辿り着けた」と、父は至極満足そうに言った。どうやら父は、しばらく休憩した後、晴山に向かうつもりでいるらしかった。

私たちは晴山から病院に通い、一日置きには姉たちと交替で泊まり込んだ。

激痛は相変わらず襲っていたが、止み間もあり、そんな時は手鏡で窓越しの風景を写したり、見舞い客の要請に応じて色紙に自作の歌など書いたりと、結構楽しんでいるようにも見え、看病する私たちをほっとさせた。

「お前に手伝ってもらいたいことがいくつかあるのだが」と前置きして、父は私に最初の口述筆記を命じた。題名は『生きている武蔵』で、これは没後の十二月六日から六回にわたり熊本日日新聞に遺稿として連載された。

## 桃

「お前を見込んでの話だが、今度は代作を頼みたい」と父が言い出しにくそうに言うので「いいですよ、なんでもしますよ」と答えると、「実は稿料を半分前借りしているので、いくらにもならない仕事だ」と、父は申し訳なさそうな顔をした。代作を頼まれたのは、シートンの『動物記』の子供向け翻案で、父はかなり前に注文を受けていたのだった。『動物記』は短編集なので、まず何編かを選び出し、翻案のうえ父に見せた。父は「子供向けだからといって、やさしく書くだけではだめだ、子供の心が思わず踊るようでなくてはいかん」などと、あれこれと注文を付け、指導してくれた。「本になったら、実は息子が書いたものだが遜色はないだろうと、編集者に言ってあげる、そしたらお前にも注文が回ってくるようになるさ」。父は満足げにそう言ってくれたが、私が翻案を終えて出版社に渡したのは翌年になってからで、その時はもう父はいなかった。

「渡り鳥が帰って行くようだが、もう秋なんだな」

手鏡に写った景色を眺めながら、ぽつりと言った。視力が弱っている父に果たして見えたかどうか分からないが、父は秋の気配をはっきりと感じていたようだ。

「庭のキャラ柿がそろそろ熟れますから、今度ちぎってきます」

「入れ歯も合わなくなったし、顎の力もなくなったので、柿は無理だろう、桃なら食べてみたい」

私は街にとび出し、一つでもよいからと桃を探し回ったが、時期が時期だけにあるはずがなかった。仕方なく白桃の缶詰を買って帰ると、父はひと口食べ「あとはお前たちが食べなさい」と言って目を閉じた。痛みが始まったようだった。

「晴山に帰ったら、今度こそ『民俗主義文学論』を書き上げたいと思うのだが、回復が遅いようだから、しばらくはここに止まるしかあるまい」

痛みが遠のくと、父はまた手鏡をかざして、外を写した。

## 球磨弁

毎日のように多くの方々が父を見舞ってくれた。親類縁者、友人知人はもちろん村の人たちまで連れ立って来てくれた。父が眠っていたり、痛みに苦しんでいるときは顔を見るだけで帰り、気分がよさそうなときは話し込むこともあった。なかには色紙を十枚ほど持ち込んで父の書を求める人もいたが、父は仰向けのまま休み休みしながらも求めに応じていた。

父が急に笑い出したので、私は驚いて「どうしたのですか」と尋ねた。

「いやなに、郁枝と村の人のやりとりを聞いていると、おかしくてたまらん。双方とも応答がまるでとんちんかんで、漫才を聞いているようだ」

郁枝は病室の入口で見舞い客の応対をしていた。

「おやまさんな、どぎゃんあんばやぁですどう」「ほんとに今日はお天気もよくて、山がきれいに見えますね」「山は見ゆるばってん、えらいな痛みっちゅうことで、ほんにぐうらしかこってすなぁ」「おかげさまで、今日は食欲もあるようです」

こんな調子の会話がしばらく続いた後、村からわざわざ来てくれた客はどう納得したのか、父の枕辺にやって来て、見舞いの言葉を述べるのだった。

東京育ちで田舎を知らない郁枝には、球磨弁がまるで通じなかった。特に晴山あたりのいわゆる四浦弁は抑揚が強く、小鳥のさえずりにしか聞こえなかったようだ。考えてみれば疎開当時の私も同じ経験をしている。

「何を言われても意味が分からず、笑顔で済ませているので、晴山の人たちは郁枝のことを愛想のよか嫁さんと言っているのですよ」と私が言うと、父は声をあげて笑い、「お父さんも初めて上京した頃は、言葉では苦労したもんだ。東京人は勘が悪く、アクセントが違っただけで通じんから困る」と、球磨弁の擁護を始めた。

## 民俗主義文学論

十月に入り、父の手塚病院での闘病も一カ月になろうとしていた。

「お前と共同でやろうと約束をしていた『民俗主義文学論』、いよいよ始めよう、筆記の用意をしてくれ」

窪んだ底の瞳が生気を取り戻し、輝いていた。脂気を失っていた頬に、心なしか紅がさしてきたように見えた。

私は枕もとの台の前に陣取り、筆記の準備を整えた。

「民俗主義文学論、緒論、歴史と民族……」

口述が始まった。間があくことはあっても、言い淀むことはなかった。痛みに耐えられなくなると注射を打ってもらい、痛みが治まるまでは中断するが、治まると咳払いを一つして口述が始まる。

民俗学的考え方に立脚して書く小説を民俗主義文学、その方法論、理論を民俗主義文学論、簡単にいってしまえばそういうことだが、父はその理論の確立を強く願っていた。『彦一頓智ばなし』や『牛使いの少年』など少年小説を長い期間書き続けた後、満を持して書き上げたのが『それからの武蔵』であるが、次なる主題こそが父の小説家としての本懐、即ち民俗主義文学だったのである。残念ながら父には「次の小説」を書く機会がなかったが、その原形は青年時代の処女作『或村の近世史』に見られるのではないかと、私は思っている。

父にもらった手紙には、文学論を書き始めた、メモ書きにしている、テープに録音している、などと書いてあったが、転院の際の混乱で紛失してしまったのか、そのいずれも残っていなかった。父がその存在を口にしなかったことからみれば、あるいはなんらかの理由で自ら破棄したのかも知れない。

中断しながらではあるが、口述は夕方まで続いた。

声は低いながらも語勢に気力が満ち、この一作に賭ける執念が表情にも現われ、鬼気迫るものがあった。

「……これが正に、民俗学的世界観となるのである」

父の声がとぎれた。

「もう疲れた、それで、よかろう。第一分冊として本にしてくれないか」

父は目を閉じた。精根は既に尽き果てていた。

私は宇治山宅の一室に篭り、筆記した原稿を原稿用紙に浄書した。自分で書いた文字が読めず、判読しなければならないことも度々で、書き上げたときには既に夜が明けていた。四百字詰め原稿用紙で二十枚ほどになっていた。

枕もとで読み聞かせる間、父は目をつむり、時折うなずいた。

「よく、役を果たしてくれた」と満足そうに言い、後記の口述を始めた。

「ようやくのことで民俗主義文学論の第一分冊をお届けする運びとなりました。一日も早く出版したいと思っていたのですが、熊大病院から人吉の手塚病院に移って以後、生死の門をさまよっていましたので、今日になってしまいました。どうにか危機は脱したというものの、体力の回復までにはまだ日時を要しますので、とりあえず分冊にして出版することにしました。今回は民俗主義文学論の緒論のみですが、次回から各論に入りたいと思います。なお、一、二回分冊を発行したのちに、民俗主義文学会の会則といったものをつくりたいと思います。最後に、皆さまのご批判、ご意見をお願いいいたします」

父の意気込みと情熱が感じられる「後記」だった。

私は高校生の頃から所在を知っていた市役所近くの「ひかりプリント」に持ち込み、事情を話すと、一晩で仕上げると快諾してくれた。翌朝、約束通り出来上がっていた。表紙をいれてもわずか七枚の小冊子なのに、背は糊付けにして製本してあり、印刷所の心遣いが嬉しかった。

父はもちろん大喜びで、いつまでも表題を見詰めていた。ガリ版刷りで誤字、誤記も多かったが、父には念願の一書だったのだ。

## 山はほらあなである

父は「民俗主義文学会会員名簿」なるものを準備していた。三十名か四十名くらいの人が名を連ねていたと思うが、その人たちが自ら賛同して入会したのか、父が勝手に選び出したのかは定かではない。会の趣旨らしいものを示していないばかりか、会設立の話そのものを私は聞いていない。長い期間の病床生活のなかで、あれこれと構想を練り、夢を膨らませているうちに生み出された架空の「会」だったのではなかろうかと、私は考えている。ともあれ私は、父の指示に従って、会員全員に『民俗主義文学論』を発送した。

「文学碑のこと、何も言ってこないな」

度の強い眼鏡をかけて『民俗主義文学論』を読み返していた父が、思い出したように言った。相良村を中心に「小山勝清顕彰会」が発足して、父の文学碑を建ててくれるという話があったのは、熊大病院に入院中の頃だった。父は碑文に「山はほらあなである」と墨書した。適当な石が見つかったという連絡は受けたが、それきりになっていたのだ。

「山はほらあなである」。禅問答のようななんとも謎めいた言葉である。父からこの言葉を聞かされたとき、私はその意味を尋ねなかった。それほど深い意味があるようにも思えなかったので、聞き流してしまったのである。碑文を受け取った人たちも、あえて説明は求めなかったようである。

かくして、書いた本人の口から説明、解説がないまま、碑石に刻まれたのだった。

相良村深水の鳥越丘に碑が建設されたのは、父の死後、昭和四十一年八月十九日のことである。その後、何人かの方が父のことを書いているが、必ずといっていいほど碑文の「山はほらあなである」に触れ、様々な解釈を加えている。父の著書や詩を裏付け資料としての考証なので、どの意見ももっともと思われ、間違いではないだろう。なにしろ正解は父とともに消えてしまったのだから、推測するほかないのである。

父は「山はほらあなである」にどんな思いを込めていたのか、私も折に触れ考えを巡らせてきた。

私が今の段階で到達した解釈は、父が完成させたいと希求していた『民俗主義文学論』のいずれかの章、おそらくは最終章の結びの言葉ではなかったかということである。闘病中に文学碑の話が持ち上がったのだが、その頃の父の頭の中は『民俗主義文学論』で一杯で、手紙にもそのことが綴られている。病状が好転したら書き始めるつもりでいたが、好転どころか日に日に再発した癌は進行していった。快癒を信じながらも、胸の底のどこかでは限界を悟り始めていたに違いない。生あるうちにと焦っても、打ち寄せてくる苦痛がそれを邪魔した。そこで、せめて自分の文学論の中で述べるはずだった思想をひとことで表わす言葉だけでも碑文に残そうとしたのではないだろうか。

父が言う山は、人が住み人の営みがある山である。そこに住む人の心や営みの中にこそ、現代人が忘れ去ってしまった人間本来の「智恵」が隠されている、父はそう考えていた。

ほらあなは、もちろん中は空洞で暗闇のほかは何もない。しかし、ほらあなとして厳然と存在し、無ではない。いわゆる空《くう》である。空は、東洋哲学ではすべての物の本質をさす語である。

こう考えてくると、「山はほらあなである」はいわば文学的表現で、その意は「人間本来の智恵は万物の本質である」であった、と私は言いたいのだが、いかがなものだろうか。考証はまだ途中の段階で、父が読んでいた仏典や実存主義の書物などを調べ直したら、また違った解釈を導き出せるかも知れない。

私は少年の頃、父に「山のどこかには、そこにだけ智恵の光が射し込む所があって、その光に当たった者は無限の智恵を得ることができる」と聞かされ、栗拾いや薪とりなどで山を歩くとき、あちこち見回しながらここではないかと期待したものだが、今でも心のどこかではそのような場所があるに違いないと信じている。

## 別れ

球磨の山々は色付き始めたが、父には手鏡を持ち上げる力がもう残っていなかったので、周りにいる者が手鏡に窓外の景色を写して見せてやらなければならなかった。

父はモルヒネを打って痛みを止めてくれと、担当医に懇願するように言ったが、医師は応じなかった。おそらく熊大病院での診療記録を見た上での判断だったのだろう。次に父は私に向かって、熊大へ行ってモルヒネを貰ってきてくれと、必死の形相で命じた。私としてもなんとかしてやりたいという思いがあったので、無理なことは承知の上で、郁枝を伴って熊大病院へ行き、主治医だった先生に会い、事情を話した。先生は、熊大の頃から日に三十本以上のオピスタンを使用しており、今もそれは続いているだろうから、ここでモルヒネを打ったら生命にかかわることになる、使用の決断は家族でするようにと、医学的見地から説明してくれた。

十一月になってから、父がしつこいくらいに言い出したもうひとつのことは、私の帰京についてであった。

「お前は東京に帰り、一日も早く定職に就き、新家庭を確立してくれ」

日に何度も同じことを言い、看病をする郁枝に対しても「勝樹を早く連れ帰りなさい」と繰り返し催促した。

私たちはついに抗し切れなくなって、帰京を決意して、父に告げた。

「それでよし、お父さんのことはもうよい、お前は家庭を大丈夫にした上で、小説に取り掛かりなさい」

父は安心したように言い、口もとをほころばせた。

十一月十七日、私は父のやせ細った手を両手で包み、別れの挨拶を述べ、後ろ歩きをしながら父の病床を離れた。

「今度は泣かないぞ、さあ出発だ」

父は頭を少しもたげ、手を挙げて微笑んだ。

もうよかな

私は帰京した翌日、知人の紹介で出版社に職を得て、その旨を速達便で父に報らせた。

会社勤めを始めて一週間目の十一月二十六日のひる前、郁枝からの電話で父の死を知った。私はその日の夜行列車で東京を発ったが、向かい合わせになった中年の女性が偶然にも父のことを知っていた。渡辺瑠璃子と名乗る画家で、美術学校の学生だった頃、下宿の世話など父にはいろいろと面倒をみてもらったのだという。姉の名前も覚えていたから、本当の話に違いない。

翌夕、晴山の生家に着いたときには、父は既に棺に納められていた。

みち伯母が父の最期の模様を話してくれた。

激痛が間断なく続いていた。みちを見上げて何か言いたげだったので、みちは父の口もとに耳を当てた。

「姉さん、もうよかな」

絞り出すような声だった。もう頑張らなくてもよいでしょう、と訴えたのである。

「うん、もう、よかよか、よう頑張ったね。今先生に頼んで上げるから、すぐに楽になるよ」

みちはモルヒネを打つことを決断し、その旨を医師に告げた。

父の顔から苦痛の表情が消え、眠りに就いた。そして、二度と醒めることはなかった。

「勝清に生きていてほしかったので、モルヒネを打つ時期が遅すぎたかも知れない。かわいそうなことをしてしまった」

伯母は、棺の前で顔を覆った。

弔電の束が祭壇に供えてあったが、翌日になっても届けられ、何度目かの配達のとき、見覚えのある局の人が「弔電用の用紙がなくなったので、一般の紙になってしまいました」と申し訳なさそうに頭を下げて言った。大した出来事でもないのに、そのときのことを何故か鮮明に覚えている。

## 山の悲しみ

本葬は晴山の生家で、親類縁者や村の人たちが中心となって執り行われた。参列者の人数や花輪の数は多いほうだったろうが、村ではどこの家でも見られる普通の葬儀だった。

父の棺が運ばれた人吉の火葬場は、変電所近くの急坂の脇にあった。自転車通学をしていた高校生の頃、その場所を通過するとき私はちらっと目を向けるのが習慣になっていた。火葬場の裏手に薪がうずたかく積まれている日は、その日に火葬が行われるしるしで、帰りに自転車を押して急坂を上っていくと、やがて煙突から白煙が立ち上っているのが見えてきて、夕刻などは思わず足を速めたものである。

その日は、父のために薪が用意されていた。係りの人が手際よく棺を釜の中に押し込み、鉄製の扉を閉めた。そして、台の上に灯されていた蠟燭を手にとると、私たちを釜の裏手に案内した。焚口には、霊前に供えてあった造花や白木の台などが詰め込めてあった。係りの人は蠟燭を私に手渡し、点火するように促した。焚き付けが勢いよく燃え始めると、係りの人が薪を放り込んでいった。なにか味気なく、あっけない儀式だった。

火葬には一晩要したので、翌朝骨を拾いに行った。係りの人は、これが仏様、これが頭などと義務的に説明した後、「こん人の病は、きつかったですばい」と、そこだけは情を込めて言い、黒ずんだ部分を指し示した。

その日の午後一時から、相良村南中学校の体育館において「小山勝清先生顕彰会葬」が行われた。当日の模様を相良公民館発行の館報「さがら」にはこう記している。「(前略)式場には石井法務大臣、松野国務大臣や県選出国会議員などの花輪に飾られ、県教委永田教育長ほか村内外多数の会葬者参列し、小山先生が十六歳の時の作詩に三女十四子さんが作曲した〝山の悲しみ〟の歌を相良南中の生徒が斉唱した(後略)」。

手塚病院に入院中、父は昔作ったという詩『山の悲しみ』を思い出し書き取らせた。東京から見舞いに来ていた十四子がその詩に曲をつけ、父の前で披露すると、父はたいへん喜び、みんなも一緒に歌ってくれとせがんだ。私などは楽譜を見ても分からないので、姉の口移しで覚え、声を合わせたものである。

一　昔くまそが住みし里
　今はやぶれし若人の
　とりでともなれ球磨の山
　むかしのなげきつつむかも
二　今の悲しみ守るかも
　千年万年へつるとも
　山の悲しみつくべきか
　山のかなしみつくべきか

顕彰会葬のあと、人吉市の永国寺で友人葬が行われたが、これは父が生前、親交のあった永国寺の住職に自分の葬式を頼んでいたので、父の友人知人たちが取り計らってくれたのだった。

こうして一連の儀式も済み、父は晴山の土に還った。

ようやくにかへりきにけり古里の　わがおくつきもはやそこにあり

熊大病院から手塚病院に辿り着いた父が、晴山の地を目前にして詠んだ歌である。父の最後の願いは、ようやくかなえられた。

私は帰郷のたびに鳥越丘に建つ父の顕彰碑を訪ねるが、顕彰会葬の折に斉唱してくれた生徒さんたちの澄んだ歌声が耳の底に蘇ってきて、なんとも懐かしく、哀しい。最近になって、碑の石は川辺川上流で探し当てたもので約三トンの重さがあること、石垣の石も川辺川から南中学の生徒たちが運び揚げたこと、寄付金のなかに球磨農業高校の生徒有志からの七千七十六円が含まれていることなど、山口堅吾君が送ってくれた館報「さがら」で知り、感慨無量である。

（了）

# 木の道

# 一

菊蔵が長雨のあがった庭先で、昨日まで使った農具の手入れをしていると、

「田植えは終ったかい」

と、だみ声を張り上げて、ジャンパーを着た男が馬小屋の傍から入って来た。

「こりゃあ、親方さん、お待ちしておりもした。田植えは昨日終りもしたばい」

菊蔵は愛想よく応えた後、相手の黒光りのする革靴をちらっと見遣った。

この男は田島伊助と言って、昔ながらの山元の親方で、菊蔵を初め村人たちの多くは、毎年この男に仕事を世話して貰っていた。菊蔵は田島を絶対的に信頼しており、恩義を感じていた。しかし、田島が二、三年前から地下足袋に代えて革靴をはくようになると、それまでの親近感は薄らぎ、太いズボンの先をしぼった先につける革靴を見る度に何となく不快なものすら感じるようになっていた。

山元の親方と言えば、山を売買する大金持ちで、どんなに豪華な服装をしようと構わなかったのであるが、山元と言えども山を相手に生きる点では山師と何ら変りないはずである。いわば山仲間なのである。それならば、わざわざ山道に適した地下足袋を捨てて歩きにくい革靴をはかなくともよさそうなものだ。菊蔵は彼なりの論法でそう考えているのだった。しかし、それはただ、心ひそ

かにそう思うだけで、家の者にも村人にも親方を批判するようなことは一言も言ったことはなかった。いや、誰かが親方のことを少しでも批判しようものなら、顔を真赤にして怒る彼だった。

「わしには、いつ頃田植えが終るか、よう分っとる、お前どもの神様じゃけんな」

田島は、菊蔵の視線などは気にもかけず、愉快そうに大笑した。

全く彼がいう通り、田畑の仕事が終る前後になると必ずやって来て山仕事を与えてくれる彼は、菊蔵たち山仕事で家計の大半をたてている村人にとって神様的存在だった。

「ところで、今度は竹平の杉材出しに行って貰いたいのじゃが」

「村境の竹平……」

竹平といえば、この村を貫流している大川を三里ほど逆のぼった奥の集落だった。

「ちょっと遠かばってん、行ってくるるどうな」

念を押すようにいった。

「勿論、行かせて貰いもす」

菊蔵はあわてて返事をした。

どんなに遠くても、せっかくの仕事を断るはずはなく、また、山元の依頼とあらば断るわけにもいかなかった。これまでにもしばしば田島の依頼で他村にまで出かけたことがあった。

「泊り込みで行かにゃならんですな」

「うん、竹平の本木どん方に宿は頼んであるけん」

「木馬《きんま》は二台持って行きもすとな」

「勿論、二台頼む。他にも二台頼んであるけん、四台もありゃ第一期の曳き出しは三、四カ月もあると終るじゃろう」

「他の木馬曳きは誰ですな」

「お前どももよう知っとる、善太夫婦と昭一昭次の兄弟たい」

「ああ、あれどもなら度々一緒に仕事ばしておりもすけん、気心も知れておりもすで、仕事もはかがいきもすばい」

「じゃあ二、三日うちにのぼってくれ、わしは今からコバズリの者を雇わにゃならんで」

用件が済むと、田島は革靴を鳴らして帰って行った。

山間地で、年中田畑にかかりきりでいるほどの耕地がないこの村では、短い農繁期が終ると、一家の主力の殆んどは山に稼ぎに出なければならなかった。自家用程度の作物も満足に穫れないのに、この村にさほどの貧家もないのは、全く、四方を十重二十重に取り囲んでいる山塊が余剰労力を吸収してくれるお蔭だった。本業は農業といっても、実際には山で働く時間の方が多かったのである。

山仕事の種類は、山道作り、伐採、運材、造林等に大別出来るが村人の殆んどはそれらの中でもあまり高度の技術を要しない仕事に雇われていた。高度の技術を要する仕事にはその道の専業者がおり村人たちはいわばその下で助手的な仕事をする下働きだった。

しかし、村人の中にも専門家はだしの者もおり、特殊な技術を身につけている者もあった。そうした者は、山元の親方連から調法がられ、かなりの厚遇も受けていた。

菊蔵一家は、そうした特殊技術者の部類に入る木馬曳きだった。

木馬というのは大型の木橇のことで、その曳き手を木馬曳きという。木馬曳きには、先曳きする鼻曳きと後押しとがあるがその両方とも木馬曳きと呼んでいる。

鼻曳きと後押しが一組になって、二尺置きぐらいに小丸太（ナル木）を敷き並べた木馬道を曳くわけだが、これには高度の技術と経験が必要だった。難所のない道を、薪炭材を積んで曳く程度だったら力がありちょっとした要領を覚えればよかったが、一つ過てば生命にもかかわる道を十数石もの木材を積んで曳くとなると、自ら曳き手は限定され、ある期間だけでも「木馬曳き」と呼ばれる者は、この村でもそう多くはいなかった。

## 二

菊蔵が木馬曳きを始めたのは、大正の初め、彼が十七、八歳の頃であった。

当時、この九州山地中央部での山岳地運材は、もっぱら牛山師の手で行われていた。深山で伐り出される木材はどれも巨木ばかりで、特に訓練された巨大な牡牛によって搬出するほかなかったのである。従って、この牛を使う牛山師は、山師の中の花形であった。

菊蔵は、十二、三歳の頃から牛使いの名人とその名を近県にまで知られていた円吉について牛山師の修行を始め、十七、八歳になった頃にはかなりの使い手になっていた。

しかし、彼は牛山師としては余りに子供過ぎ、最もむつかしいとされている牛のしつけを過ってしまった。重労働を強いられる牛山の牛は必ず野性に目覚め、四度や五度は主人にさえ突きかかってくるものである。牛山師は、牛がちょっとでも反抗の態度を示したら徹底的に殴りつけて、野性の芽を叩きふせなければならなかったのだが、菊蔵にはこの鉄則が守れなかった。仔牛の時から手塩にかけて育てた牛にどうしても制裁を加えることは出来なかったのである。彼は、牛の眼が険しくなると只一言「アカッ」と牛の名を叫ぶだけだった。すると牛の方もその一言で大人しくなっていた。だが愛情による支配には限界があった。

その日のアカは、菊蔵が何度「アカ、アカッ」と叫ぼうが一向に大人しくならず、遂には角を振ってあばれ出してしまった。

菊蔵は牛道を必死に逃げ、危いところで、駈けつけた円吉に助けられた。

その夜、菊蔵の家では菊蔵を初め、彼の新妻吉乃、円吉、菊蔵の家に宿を借りている土佐山師の留五郎等、五、六人が囲炉裏を囲んでいた。

「ウォン、ウォン」と猛り狂うアカの声が、物音一つしない谷間の村の静寂を破っていた。

「なあ菊蔵、何べんもいうごと、アカはもう牛山には使われんぞ、わしがいうごとしつけんじゃったもんだけん、とうとう狂い牛になってしもうた、ああなったらわしでも手が負えんわい、ぬしもいい加減諦らめたらどぎゃんかい」

円吉は悟すようにいった。

彼は菊蔵の遠縁にあたり、菊蔵の両親が死んでからは菊蔵を初め三人の弟妹たちの親代りになって面倒を見てやっていた。菊蔵の嫁吉乃もつい半年ほど前、彼の世話で嫁いできたのだった。

「ほんとに、ああたにもしものことがあったら……」

まだあどけなさの残る頰を赤らめて、吉乃が遠慮勝ちに口を挟んだ。

菊蔵は、牛に追われた時すりむいた顔を俯かせ、口を堅く結んだまま、焚火の一点を見詰めていた。鍊えあげられた骨格はたくましかったが、顔には少年らしいきかん気が残っていた。

「おら、もう牛山師はせん」

ぽつりといって、菊蔵は歯を喰いしばった。

「なに、牛山師ばやむるっちゅうて……」

意外な返事に、円吉は面喰った。

円吉はただ、アカを手放して他の牛に買い替えるよう説得していたのだった。

「そぎゃん思い詰めんでもよかたい」

「うんにゃ、おらもう、牛は好かんごとなった、あぎゃん可愛《むぞ》がって育てたとに、その恩も忘れおって……」

菊蔵にはそれが残念だったのだ。

「そうか、無理もなか」

円吉は大きく溜息をついた。

「牛山師ば止めてくれもすとな」

しんみりした空気の中に、吉乃だけが明るくいった。

農家から嫁いできた吉乃は、牛山師の生活には全く馴れておらず猛牛を使う夫の身が心配でならなかったのである。いつ夫の事故を報らせる使いが来るかと、夫の無事な姿を見るまでは夕食の仕度も出来ないでいる彼女だった。もし菊蔵が牛山師を止めてくれたらもうこうした心配も要らなくなる。

「おどんはうれしか」

張りつめていたものがゆるんだように、吉乃は泣き崩れた。

「ばってん、牛山師ば止むれば、食うていかれんたいなあ」

菊蔵は、はたと困惑したようにいった。彼は、妻と三人の弟妹を養っていかねばならなかったのだ。

「そぎゃんたい、わしも今それば考えておったとじゃが……」

円吉も腕を組んで考え込んでしまった。

「そんなら、わしが元山でも木馬曳きでも教えてやるが」

それまで黙って話を聞いていた土佐山師の留五郎が、初めて口を開いた。

彼は土佐生まれの山師だが、故郷に住めない事情があるらしく、十数年も前から九州の山々を渡り歩いている、いわゆる渡り山師だった。この村に流れ着き、菊蔵の家に宿を借りたのは二年ほど前でそれからは余程この村が気に入ったらしく、金をためたら家を造って死に場所にするのだと、渡り山師には珍しく腰を据えていた。本職は伐採を主にする元山師《もとやまし》だったが、山師の仕事なら一応何でもやりこなすという器用な男だった。

「そりゃ好都合じゃ、何分にもよろしゅうお頼みしもす」

円吉は菊蔵の代りに頭を下げた。

「なあに、礼には及びませんたい、菊蔵どんはまだ若かとじゃけん何でもすぐ覚えますたい」

そういって愉快そうに笑う留五郎の顔は、この人のどこに故郷を捨てねばならない事情があったのだろうと不思議に思うくらい好人物に見えた。

「二、三日うちに、アカの始末はしてやるけん」

そういい残して、円吉は隣村の我が家へ帰って行った。

菊蔵が留五郎に連れられて山へ出かけた日、アカは青竹の先に鼻輪を縛られて屠蓄場へひかれて行った。

留五郎が伐採の仕事をやる間は菊蔵も伐採を見習い、伐採が一段落ついて搬出作業に移り木馬曳きを始めると、木馬の後押しをして木馬曳きの要領を覚えた。

菊蔵は、いろいろやってみた仕事の中で、自分の力を思う存分に出しきれる木馬曳きが一番気に入った。それで、留五郎が再び伐採の仕事にうつっても、彼は吉乃を後押しにひっぱり出して木馬曳きを続けた。山仕事の中で夫婦が一緒に働けるのは木馬曳き以外にはなく、これも若夫婦にとっては魅力の一つだった。吉乃も夫が危険な牛山師を止めてくれた上に一緒に働けるので、激しい労働にもかかわらず、喜んで夫に従った。

こうして菊蔵夫婦は、新しい道を歩むことになった。

木馬は橇が進歩したものであって、その起原は詳かでないが、運材方法としてはそう古いものではないようである。現存する記録によれば、およそ二百年前、土佐、吉野地方では使用されていたが、中部九州では、明治以後、土佐山師、紀州山師と呼ばれる渡り山師によって伝えられたものと思われる。

木馬は山岳地帯の運材には非常に便利で能率的であったが、明治末期頃までは、在来の牛山や渓流を利用して木材を流す小谷狩などに押されて、この地方ではあまり使われていなかった。

しかし、菊蔵が木馬曳きを始めた頃から、次第に盛んに使用され始めた。伐り出される材が細くなってきたので、一時に大量を積載出来る木馬の方が便利になったのである。山元の親方たちは、牛道に小丸太を敷き並べて木馬道にし、また、新しい木馬道もどんどん拓いていった。

「木馬曳きになっといてよかったばい」

菊蔵は口癖のようにこういっていた。

牛山師から木馬曳きに転じた当時は、腰抜け等と村人や山師仲間に陰口もいわれ、随分と肩身の狭い思いをしたが、三人の弟妹と次々に生まれた子供たちに食べさせて行けるのは、全く木馬曳きに転向していたお蔭であった。

しかし、木馬曳きの世界は初め考えていたよりはずっと厳しかった。

最初、菊蔵が牛山師を止めて木馬曳きになるといった時、吉乃はこれでもう夫の身は安全だと涙を流して喜んだものだが、実際には木馬曳きも牛山師に劣らぬくらい危険な仕事であった。それは、山師仕事なら何でもこなし、菊蔵の師匠でもある留五郎が、木馬と共に谷底に転落して死んでしまったことで、痛切に実証された。

留五郎が転落死した時は、菊蔵も吉乃もわが親をなくしたように悲しんだ。しかし菊蔵は、木馬曳きを止めようとはしなかった。既にこの頃には、彼は、木を敷き並べた道こそが、わが家族の生きて行く道だと堅く信じるようになっていたのだ。

吉乃は女の本能でこの道に恐怖に近い危険を感じるようになったが、菊蔵は、子供たちが大きくなると、吉乃の心配には眼もくれず木馬曳きを仕込んだ。一人前の木馬曳きになっていた長男と次男は大東亜戦争で戦死してしまっていたが、今では三男の吉春と四男の則行が一人前になっていたし、十八歳の妙子も後押しを手伝えるようになっており、家内労働力は十分だった。吉乃は来春中学を出る弘を相手に家事をしていればよい身分になったが、再び、夫を初め子供たちの身を案じながら明け暮れしなければならなくなってしまった。

三

田島親方に仕事を依頼された翌日から、菊蔵たちは早速準備にとりかかった。準備といっても、泊り込み中の食糧は総て山元があげてくれるし、賄いは宿元がやってくれるので、四人分の寝具と衣類、木馬とその付属品を持って行けばよかった。

木馬は予備一台を含めて三台持って行くのだが、二台はこの春まで使用していたものを貫《ぬき》だけ替え、一台は新調することになった。

菊蔵は、軒下にたてかけてある長さ一丈ばかりの五、六本の荒削りの角材の中から、長さ重さが同じくらいのものを二本選んだ。これは木馬の親骨にするもので、主として樫が用いられている。

息子の弘に手伝わせて、菊蔵は要領よい手つきで角材を削り始めた。道具は穴を穿つ以外は総て斧と鉈だけである。

「よかかい弘、木馬を造るときゃ根元の方を前にせにゃならんぞ」

「なしゅうな」

「木目が逆むけせんごとたい」

親が子に仕事の要領を伝授することは、農山村にあっては特に親に課せられた重要な任務であった。

角材を長さ九尺、幅五寸、厚さ一寸五分に削り、前後の端を八寸ばかりのところから削り上げ、一応の形に整える。

「来春中学ば出たら、お前も木馬曳きばせにゃならんで、造り方ばよう覚えておかにゃならんたい。お前の兄ちゃんたちゃ、小学ば出てからすぐ始めたのじゃけん、お前も負けんごとな」

「うん、ばってんが、おどんがふとうなってからも木馬ば使うどかな。学校の先生は、林業も次第に機械力ば使うごとなるっちゅうていうとったばい」

弘は新しい教育を受けている子供だった。

「馬鹿たれ、木馬道に汽車や自動車が走らるるもんか」

菊蔵は仕事の手を休めて、不気嫌そうに荒々しくいった。

しかし、口では強く否定したものの、息子にそういわれてみると、木馬の行く末に何となく不安のようなものを覚えないでもなかった。

彼は、かつては材木搬出の花形だった牛山師がこの山々から消えてしまったのを知っていた。つい四、五年前まで、山間の大川を盛んに流されていた木材は、今は大型トラックで運ばれている。まさかこればかりは廃れまいと思っているものが、いつの間にやら彼の眼の前から消え失せていた。こうしてみると、いつ木馬に代るものが現われるか知れない。現に、まだそれほど盛んではなかったが、木馬に対抗するものとしてトロッコや野猿《やえん》（策道）が使われ始めているのだ。

だが、このくらいのことでは、彼の堅い信念はぐらつかなかった。彼は、まるで神仏に対する信仰のように、木の道を信じ切っているのだった。

「うんにゃ、山に木がある間は、木馬は廃れはせん」

菊蔵は、もう一度強く否定してから再び斧の手を動かし始めた。

親骨の前後の端から一尺ばかりの所に直径二寸ほどの穴を穿ち、更に先端の穴から一尺の所、後端の穴から一尺の所、その中央に一つと、全部で五つの穴を穿った。これは貫を差し込む穴である。

この作業が終ると、底面を焚火で焼き、滑らかにするとともに、幾分船底形にそりをつけた。

二本の親骨が出来上ると、長さ一尺五寸ほどの貫を梯子状に取り付け、木馬は完成する。使用する時は、これに枕（台ともいう）二本前後に取り付けるのだが、それは作業現場に行ってから行う。

木馬は各地にそれぞれの形で発達したので地方によって多少製作方法や形が違っている。ある地方では、親骨の上部の厚さを薄く下部を厚く、あるいは木馬の後端の幅を広げたり、又はハギ台といって、親骨の下半部のみに堅材を使い、上部は軽い材を使って楔で貼ぎ合わせる方法等が行われている。

「どうじゃ弘、よう出来たろうが。お前が木馬曳きになるときゃ、もっとよかとば造ってやるぞ」

菊蔵はさも満足げに、出来上ったばかりのひと抱えもある木馬を持ち上げ、ゆすぶりながらにこにこと笑った。

## 四

準備は二日間で終り、菊蔵、吉春、則行、妙子の四人は、県道端まで荷物を担いで出、そこからは営林署のトラックを拾った。

見送る吉乃は、今にも泣き出しそうな顔をしていた。

「また母さんが泣きおらすばい」

「心配なかで、母さん」

出かける者は結構愉しそうだった。

彼らの宿のある竹平は、この村の最も川上の集落で、県道から谷沿いの村道を半里ばかりのぼったところにある。三十戸足らずの家々は、谷端に階段状に建ち並んでいた。

宿を頼んであった家は、集落では一番大きい方で間数が四つあり菊蔵たちには南側に面した六畳間が与えられた。

善太たち他の二組の木馬曳きも相前後して集落に着き、隣家に宿をとった。

その夜、四組八人の木馬曳きたちは、菊蔵たちの部屋に集まり、焼酎を酌みかわし顔見せを行った。

山師たちは、山師の頭である杣頭《せんどう》の下に集まり、杣頭を中心に仕事をするのが通例である。元山師、川流し、牛山師等にもそれぞれ杣頭がおり杣頭の指揮の下に仕事を行っていたが、木馬曳きには別に杣頭というものはいなかった。木馬曳き自体が割と新しい職業であり、また、他の山師よりも協同で働く場合が少ないため杣頭を置く必要がなかったのであろう。しかし、数人が一緒に働く場合、ある程度中心になるべき人物が必要であり、またそれが自然のなりゆきでもある。

八人の中では菊蔵が最年長者で、暗黙のうちに彼が中心となって話は進められた。

翌早朝、八人は木馬を担ぎ、鋋等の付属品や弁当を入れた篭を背負って集落を出た。

卸し場、即ち木馬道の終点は集落から半里ほど離れており、そこまではトラックが通れるくらいの山道が出来ていた。

卸し場は丸太を組んで作ってあり、背面は七、八間のズリ（木馬に積んできた木材を落す崖）になっていて、そこから木馬道は始まっていた。

幅三尺から四尺の木馬道は最近出来上ったばかりで、削り取られた山肌は生々しく、二、三尺置きに敷き並べてあるナル木（盤木）もまだ真新しい木の香を放っていた。

「やっぱり、木馬道に来ると気色がよかなあ、これじゃけん、いくら齢を取っても木馬曳きは止められんたい」

木馬道に立つと、菊蔵は眼を生き生きと輝かせ、顔をほころばせてそういった。いかにも晴々したといった様子にも見え、うれしくてたまらないといった様子にも見えた。

「ばってん、新道はぬかるからぬさんなあ」

則行がいうと、みんなうなずいた。

地盤が固まっていない新道は、足に力が入らないので、木馬曳きにとっては有難くなかった。

谷間に沿って延びる木馬道は、山元の親方の指揮の下に作られたものである。測量器具等は一切用いず、親方の勘のみで適当な勾配を保ちつつ目的地まで作道されるのだが、これまた熟練を要する作業であった。

普通、木馬道の勾配は、八分の一から十分の一、最急は五分の一、最緩は二十分の一が適当とされているが、場所によっては五分の一以上の急勾配もあり、上り坂になっている所もあった。作道出来ない個所や谷間を渡る時は、谷底から丸太を組み上げて橋を架け、橋の上部は梯子状にナル木を並べるだけである。これをソロバンという。釘や鎹類は一切用いず、斧で切り込みをつけて組み立てるのだが、木が朽ちて崩れ落ちるまでは決して崩れることのない丈夫なものである。

八人の木馬曳きたちは、申し合わせたようにナル木をまたぎまたぎ歩んだ。土足でナル木を踏むと木馬の滑りが悪くなるので、どんな時でも、材木を積んで曳く時でさえ、決して踏んではならなかったのだ。

これは木馬曳きのみならず、他の山師たち、村人たちの間でも、山に生きる者の一種の礼儀として固く守られていた。

道々彼らは、木馬道の勾配の具合、カーブの様子等を検討し合いまた、必要に応じて場所場所の特徴をとって地名を付けた。新道には殆んど地名はないので、初めてそこで働く者たちが勝手に名前を付けるほかなかった。もし、付けた名がその場所に相応しく、人の心をひく面白味があれば、その即興の名称は後々まで残り、やがては地図にも記されるのである。

「この坂はえらく急かばい、こりゃあ、鼻殺しの坂ぞ」

菊蔵が思わずそう叫んだ坂は、急勾配の上に、山側の方に大きくカーブしていて見通しも悪かった。彼が「鼻殺し」といったのも無理はなかった。急勾配のカーブは、木馬曳き、特に先を曳く鼻曳きにとってはこの上もなく危険だったのである。

この坂道は、そのまま「鼻殺し」と名付けた。自らに警戒を与える名称だった。

木馬道の全長はおよそ一里半あった。

始点は木場になっていて、既にコバズリによって集材が山積されており、そこは谷の行き詰まりでもあった。

八人は、木場の広場に円陣に座り、厳粛な面持ちで、用意してきた御酒を地面にたらし、山の神々にこれからの無事を祈願した。

初夏の陽射しを浴びて、玉虫が木から木へ飛び交った。

いよいよ仕事始めである。

二人ずつ組んだ木馬曳きたちは、木馬の幅より五、六寸長めに丸太を二本切り、両端に穴を穿ち、木馬の前後の貫に固定した。これは枕または台といい、穴に棒を差し込んで、積材を容易にすると共に積載量を大きくする役目をする。

木材を半分ほど積むと、長さ五尺ばかりの樫の棒を伐ってきて、その中間を枕の幅を置いてロープでつなぎ、棒の上部を前倒しにして木馬の中央部に挟み、更にその上に木材を積み上げた。二本の棒の上部にはロープを結びつけ、木馬の後部まで延ばしておく。下り坂で後押しがこれを引くと、棒の下端がナル木にひっかかり速力がゆるむ。これをハジキといい、木馬の唯一のブレーキである。

十数石の木材を積み終えると、鎹を打ち、ロープで縛り、ロープはネジ棒で締め、積材を固定する。先端の貫に曳き綱をつけ、一本だけ突き出しておいた木材に鎹を打ちつける。この突き出しておいた木材を特に鼻と呼び、鼻曳きはこれで梶をとるのである。

積み込み作業は、太い木材もあり、又、平均して作業が終るように、互いに協力し合って行う。

「どうれ、そろそろ行くか、初めての道じゃけん、みんな気ばつけて曳かにゃならんぞ、特に鼻殺しの坂はな」

一服した後、菊蔵が声をかけた。

鼻曳きと後押したちは、腰を上げ、緊張した面持ちで、それぞれの木馬の前後についた。

彼らの威勢のよい出発を一層威勢よくするかのように、松蟬が一段と激しく合唱を始めた。

## 五

一番木馬は、最も経験の深い菊蔵が曳くことになった。彼の後押しには則行がついた。二番手は吉春、後押しは妙子。その後に善太夫婦、昭一兄弟が続く。

鼻曳きたちは、それぞれ曳き綱をたすき掛けにかけ、右手で鼻木の鋋を握った。この手には、木馬油の入った竹筒も提げられている。左手には竹棒に布を巻きつけた筆を持ち、この筆で竹筒の油をナル木に塗りながら曳くのである。

「ソーレ、行くぞっ！」

掛け声と共に、菊蔵の肩の筋肉、背中の筋肉が盛り上った。既に五十の坂を越してはいたが、長年錬えた筋肉には少しの衰えも見えなかった。

「ソーレッ!」

間髪を入れず、則行も満身の力をこめて押した。

曳き出す時が最も力を要する。

薄いシャツを通して、二人の背に肩に汗の粒がふき出した。

最も木馬に力がこもった頃あいを見計って、菊蔵は鼻木を左右にゆすぶった。

ギシギシ、ときしんで、木馬は漸く滑り始めた。

新しいナル木は抵抗が大きく、鼻曳きは始終油を塗らなければならなかった。

かなりの勢いがつくと、木馬の底面から摩擦によってシュッシュッと煙が出た。それはあたかも木馬が出す白い呼吸のようだった。

「ヨイ、ヨイ」

「ヨイ、ヨイ」

鼻曳きと後押しは、絶え間なく互いに掛け声を掛け合う。二人の呼吸の乱れは疲労を大きくし、また事故を起こす原因ともなるので搬出中は始終掛け声を掛け合い、会話等も総て掛け声のやりとりで行われる。激しい労働の中にも一つのリズムが流れており、そのリズムに乗って木馬は順調に滑るのである。リズムが狂った時、それは生命にもかかわる事故を意味するのだ。

「抱かれて、こいこい」

鼻曳きは、カーブに差しかかったことを知らせた。

「わけない、わけない」

後押しはそう応え、木馬の後尾が流れて道から外れないよう、抱かれるようにして後尾の曲り具合を調節する。

後押しは後を押すばかりではなく、むしろこうして後で梶をとったり、ブレーキをかけたりする仕事の方が多く、その方が技術的にもむずかしいのである。後押しの操作一つで安全に滑りもすれば、谷底に転落もする。鼻曳きの生命は後押しに預けられているともいえるのである。従って、後押しには肉親かそうでなければ十分気心の知れた者の中から選ばれるのである。

「ひと息、入れるぞ」

第一の急勾配に差しかかる前に、菊蔵は木馬を止めた。

休憩する時は、必ずゆるやかな勾配で木馬を止めなければならない。もし平坦な道で止めようものなら、木馬の底面とナル木が焼け着くため、テコを使っても容易に曳き出せなくなるのである。

この坂は、道の上に松の枝が垂れてきているので、今朝彼らは、

「さがり松」と名付けていた。

「新しか木馬道はぬさんなあ、重うして」

則行は、水を浴びたような汗を拭った。

「仕方なかたい、どの道も初めは新しかとじゃって。ばってん、誰も曳いたことのなか新道ば曳くとは気分がよかろうが」

菊蔵は、息子の苦情を軽くたしなめた。

彼は、仕事に不平を持つことは何事においても最大の敵だと心得ていた。それで、息子たちが少しでも不平らしいことをいうと、必ずたしなめるのだった。

「四、五日もすると軽うなる。その頃が一番危なかで注意せんば」

いいながら菊蔵は、せわしそうにキセルのたばこを吸った。後の木馬が追いつく前に、ここを発たなければならないのだ。後続の木馬の調子を狂わせないためだ。

「しめて、こいこい」

「わけない、わけない」

ハジキの音を響かせ、土煙と摩擦煙をあげて「さがり松」の坂を一気に駈け下った。

「ここらは背越しだ、峠の茶屋まで、峠にゃ茶もある、酒もある」

「わけない、わけない」

上り坂に差しかかった。

上り坂で止めようものなら、積材を卸さなければ動かせないので二人は必死だった。

「油じゃ、油じゃ」

「どっこい、承知じゃ、承知じゃ」

曳くことに懸命でともすると油を塗るのを忘れがちな鼻曳きに、後押しは頃あいを見計って注意を与える。

「やんわり、こいこい」

「わけない、わけない」

第二番目の急坂、鼻殺しの坂に差しかかる前に、木馬の速度を徐々にゆるめた。

菊蔵は、たすき掛けていた曳き綱を肩から外した。これは万一事故を起した場合、ただちに脱出するためである。

「しめて、こいこい」

「わけない、わけない」

菊蔵は積材の先端に肩を当て、則行はハジキが弓なりになるほどロープを引きしめ、慎重に下り始めた。

急勾配は一町ほど続き、三分の二あたりから大きく山側へ曲っていた。

ハジキをかけたにもかかわらず、重力で木馬の速度は次第に増し二人の口からは既に掛け声も出なかった。菊蔵の足は勢いに押されて浮き上り、則行は引きずり倒されそうになりながらも必死にハジキをしめ、後尾が流れ落ちないように抱え込んだ。

生命をかけ、力を出し尽くし、一時間後に卸し場に着いた。

父と子、鼻曳きと後押しは、無事曳き終えた安堵感と満足感に、汗の顔を見合わせてにんまり笑った。

積んできた木材をズリへ落していると、吉春たちの木馬も到着し続いて他の二台もやって来た。

彼らは、遅い弁当を食べた後、第二回目を曳くべく、再び戻って行った。木馬とその付属品を担いで登るのも、これまた大変な労働だった。

こうして、この程度の道のりなら、日に三回往復するのである。

## 六

十日、二十日と経つうちに、ナル木の木馬の通る部分は窪んでてらてらに光り、滑りもよくなっていった。しかし、夏の暑さも一足跳びにやってきて、彼らを苦しめた。

雨上りの木馬道は、殊によく滑った。

その日も、菊蔵たちが先頭を曳いていた。

「しめて、こいこい」

鼻殺しの坂に差しかかった。

「わけない、わけない」

則行は、そう応えながらハジキのロープを引きしめたが、手応えが意外に弱い。はっとしてハジキを見ると、谷側の方のハジキが折れかかっている。

「父つぁん、ハジキが折れとる！」

叫ぶや則行は、ロープにぶらさがるようにして木馬を引きとめにかかった。

しかし、ハジキが満足に働いても坂の途中では止めることが出来ないのに、片方が折れていたのではスピードは加わるばかり、その上片方だけブレーキがかかるため、後尾は大きく流れた。

危機を察した菊蔵は、木馬から身を離そうと幾度も試みたが、木馬の勢いに押されて逃れることは出来なかった。

則行の足はとうとう木馬の速さに追いつかなくなり、引き倒されてしまい、二、三間腹這いのまま引きずられた揚げ句、ロープは彼の手からもぎ取られてしまった。

それは、あっという間の出来事だった。

木馬は後尾の方から谷底へ転落して行き、そして、菊蔵の姿も木馬道の上にはなかった。

鼻曳きは、急坂では必ずたすきがけの曳き綱を肩からはずすはずなのだが、恐らく菊蔵は、木馬の勢いに巻き込まれて転落したのだろう。

彼ほどのベテランがこの鉄則を守らぬはずはないし、彼の技術をしても逃れることが出来ないところをみると、これは不可抗力の事故に違いない。

「父つあん！」

則行は道に這いつくばったまま谷底に叫んだ。返事はなかった。

則行の腹から流れる血が、汗と泥に汚れたシャツを染め、ナル木を染めた。引きずられた時、岩角で破れたのだろう。

「どぎゃんしたかっ！」

ナル木の異状な乱れに事故を知った吉春と妙子が駆け下りて来た。

「則行、父つあんはどぎゃんしたか」

吉春は則行を抱き起こしながら、血相を変えて尋ねた。

「おら、父つあんばうち殺してしもうた」

谷底を指さし、それだけ答えると、あとはもう何を尋ねようとまるで放心状態だった。

「兄さん、しっかりせんな」

妙子は則行にしがみつき、体をゆすぶった。

「則行の手当てばしとってくれ、おら、父つあんば捜してくる」

吉春はそういい残すと、殆んど七、八十度に近い、まばらな立木と繋ったしだに隠された岩の崖を滑るようにして降りて行った。

菊蔵は、谷底近い所で立木と木材に胸を挟まれ、ぐったりしていた。

「父つぁんっ」

吉春は、胸を挟んでいた木材をはねとばして父親を抱き上げた。

菊蔵はかすかに呻いた。

「おお、父つぁん、よう生きとってくれたな」

吉春の頬に初めて血の気がさし、涙が伝わった。

「菊蔵どんは、大丈夫かい」

善太たちが滑り降りて来た。

「生きとる、生きとってくれやったばい」

吉春は叫んだ。

「こりゃあ、胸が相当やられとる。担架ば作って運ばにゃならんばい」

善太は、他の者にも手伝わせて、竹と蔓で担架を急造した。

竹平集落まではこの担架で運び、集落からは布団を敷いた戸板に乗せかえ、村の診療所へ運んだ。

診療所には若い看護婦がいるだけで、大した治療も出来ず、応急手当をした後、すぐさま町の病院へ運んだ。

肋骨が五本も折れており、絶対安静の重傷だった。

則行の傷は大したことはなく、病院まで同行したが、事故の責任は総て自分にあると思い込んで、余所目にもいたわしいほどうち沈んでいた。

吉春たちは、中一日休んだだけで山に戻った。父親の容態は心配だったが、幾日も休むわけにはいかなかった。

農山村における没落、破産の原因は、放蕩、事業の失敗等の外に家庭内に長期にわたる病人があることが大きな原因の一つとなっていた。

菊蔵は一家の主力ではあったが、幸い他に働き手が揃っているので破産は免れそうだった。しかし、今後経済的に相当の負担がかかることは覚悟しなければならなかった。

菊蔵が欠けたので、則行と妙子が組み、吉春は一人曳きすることになった。

後押しを使わない一人曳きの時は、勿論積載量を減らし、ハジキは滑車を使って鼻曳き自身が引くようにする。この方法は、一層の技術を要し、しかも能率は落ち危険率は倍加されるので、やむを得ぬ時以外はあまり用いられていなかった。

鼻殺しの坂に差しかかると、則行は木馬を止め、肩の曳き綱を外した。

「兄さん、気を付けて下っせな」

妙子は緊張した面持ちでハジキのロープを握り直した。

「なあに、ことなか」

則行は威勢よく応え、曳き出す体制に入ったが、突然、まるで打ち寄せて来る潮のように恐怖が襲って来て、眼がくらんだ。

遂先日の事故の光景がまざまざと浮んできた。

ナル木を並べた道、それは則行の足元から急に陥ち込み、どこまでもどこまでも、地底にまで延びていた。

「兄さん、どぎゃんしたとな」

いつまで経っても曳き出さない兄に、妙子は不審そうに呼びかけた。

「いや、どぎゃんもせん」

はっと我に返った則行は、振り返って笑顔を作ったが、その顔は紙のように蒼白だった。彼は、十二、三の頃から父に連れられて木馬曳きを始めたが、木の道がこれほど恐ろしいと思ったことはこれまでになかった。

無理やりに勇気をふるいたたせ、曳き出そうとしたが、逆に足はガクガクと震え、額からは脂汗がタラタラと流れた。

「焼きついたとじゃろうか」

妙子はそういいながら、テコになる棒を探しに行った。

「どぎゃんしたとかい」

追いついた兄の吉春が、木馬を止めて走って来た。

「何じゃ、お前のその面は」

則行の顔を一目見るなり、吉春は怒鳴りつけた。

「腰抜けめが、お前はこの前のことが恐ろしかとじゃろう、そぎゃんことで、木馬曳きが勤まるかっ」

いうなり彼の手は、則行の頬へとんだ。

則行は抵抗もせず、俯いたまま歯を喰いしばっていた。

「男なら、こんくらいの坂、駈け下ってみろっ」

吉春は再び拳をふり上げて怒鳴った。

妙子は、吉春がこれほど怒ったのは初めてなので、ただおろおろするばかりだった。

「くそっ」

則行はやにわに外していた曳き綱を肩にかけ、ぐいと力を入れた。

「あっ」

吉春と妙子が同時に叫んだ時には、木馬はギギッときしみ、するすると滑り始めていた。

妙子は慌ててハジキのロープを握った。

木馬が勢いづいても、則行はぐいぐい曳いた。

「兄さん、止まらんごとなるがっ」

妙子はロープに縋りついたまま、必死に叫んだ。

「則行、もたれて、もたれて行かんかっ」

吉春も坂を駈け下りながら必死に叫んだ。

勢いに乗った木馬は、摩擦煙をあげ、ハジキの音を響かせて、すごい勢いで滑って行った。

この勢いのままカーブを曲るのは、どう考えても無理だった。吉春の脳裏には、瞬間、次に起るべく事故の模様が浮んだ。

しかし、則行の木馬は、谷にも落ちず、崖にもぶつからず、見事カーブをきり抜けた。

則行は、終始木馬より早く走り、鼻木を離さず巧みに梶を取ったのだ。

吉春はうーんとうなり、ほっと息をついた。その途端、全身から汗がふき出してきた。

「則行の奴、やりおった」

彼は会心の笑みを浮べ、しばらくは則行が行き去った方を眺めていた。

則行のとった自殺的行為は、山に働く者にとって許されざるべきことだった。しかし、生命をおびやかされる仕事に携っている以上一度は必ず襲ってくる仕事への恐怖は、何らかの形で打ち破らなければならなかったのだ。もし、その恐怖の壁を打ち破ることが出来なかったら、その者は、一生その仕事では使いものにならなくなるのだ。

則行は兄の叱咤でこの壁を打ち破った。ここに彼は、将来も木馬曳きを続けられることが約束されたのだ。

「兄さん、見たな」

積材を既に卸し終えていた則行は、笑顔で吉春を迎えた。

「あぎゃん危かことは、二度とするもんじゃなかぞ」

口ではたしなめたものの、吉春もにやりと笑った。

「もうあぎゃんことは、頼まれてもせん」

「おう、しちゃならん。妙子はどうもなかったかい」

「ぐうらしか、妙子の手首ば見てやってくだい、青うくびれとる」

則行が指さした妙子の手首は、最後までロープを離さなかったため、ロープの喰い込んだ跡がはっきり残っていた。

「妙子も偉かったぞ、もう立派な木馬曳きの花嫁ごになれるばい」

もっともっと賞めてやりたかったが、吉春にはそれ以上の言葉はいえなかった。

「おどんは、木馬曳きの嫁ごにはならんもん、あぎゃん恐ろしかことは、もう沢山」

「お前がならんちゅうても、貰いに来るぞ」

「その時は逃ぐるで」

三人は、声を合わせて明るく笑った。

# 七

「吉春はどぎゃんした」

菊蔵は、則行と妙子だけが病室に入って来たのを見て尋ねた。

「親方さんの所に寄ってくるげな、まだ詳しか報告ばしてなかったもんで」

妙子が答えた。

雨の日を利用して見舞いに来たのだが、則行は、父親の顔を見きれずにいた。

「則行、お前や、わしが怪我したとば自分の責任と思うとるか知れんが、そりゃ間違うとるぞ。ハジキが折れとったとは、お前の責任じゃなか。木馬曳きばやっとれば、こんくらいのことは何度もあることじゃ」

ものをいうのも苦しいらしく、あえぎあえぎ話した。

「ばってん、おれがようハジキば調べておれば……」

則行は漸く口を開いた。

「馬鹿、ハジキは後押しだけが調べにゃならんとは限っとらん、そぎゃんことはこれから注意すればよかと。――昔あ、あんくらいの坂、ハジキなしでも曳けたんじゃが、齢とったとじゃろう、足がいうことをききおらん」

菊蔵は、若い時分を回想するかのように眼を閉じた。

「長年木馬ば曳いてきたわしがつこけたとじゃけん、あの場合どうしようもなかった、まあ死なんごとつこけただけが齢の功たい」

菊蔵はそういって、かすかな笑みを浮べた。それにつられて則行も顔をほころばせた。

「父つあん、具合はどうな」

吉春が入って来た。

「吉春かい、親方さんにゃ、よろしゅういうてくれたかい」

「うん、親方さんも心配しとった。ばってん、あん人は、けしからんけちな、見舞金ちゅうて、たった千円くれやったばい」

吉春は憤懣の色を現わしていた。

彼は、仕事中の事故にはそれ相当の保障金を請求出来ると役場員に聞き、早速山元の親方にかけ合ってきたのだが、保障金はおろか治療費すら貰えなかったのである。

「そぎゃんいうものじゃなか、千円でも有難か。わしが怪我した上に、そう迷惑ばかけちゃならん」

菊蔵の頭には保障金を請求するなどとは考えも及ばなかった。彼は親方に対してはあくまでも忠実であり、いかなる場合でも、雇用主に対する感謝の念と義理だけは忘れられなかったのである。吉春たちは、こうした父親の考えとしょっちゅう対立していたが、いつも父親に説得されていたのだった。

今日も彼らは、ただはがゆそうな顔をしただけで、それ以上父親に逆わなかった。

「お前どんも、わしの入院で銭のやりくりが大ごとじゃろうが、わしがようなったら働いて戻すけん、辛抱してくれ。親方さんには、ご迷惑ばおかけして済みもさんと、くれぐれも伝えてくれ」

菊蔵は、病床に寝ているのがもどかしそうに、ひといき身もだえしたが、傷の痛みに顔をしかめた。

吉春たちが宿に戻ると、善太と見馴れない男が彼らの帰りを待っていた。

「菊蔵どんの塩梅はどぎゃんじゃったな」

「もう大分よかばい」

「そりゃよかった。ところでこの人じゃが」

善太は男の方をちらっと見遣った。

「使うてくれっちゅうて来たとじゃが、お前どんの後押しに使うてやってくれんな」

「田口です、よろしゅう頼んます」

男はぺこりと頭を下げた。

「そうな――」

吉春は、田口と名乗る男を観察するように見た。

齢は三十前後、陽焼けした顔はたくましく見えたが、始終薄笑いを浮べていて、ひと癖もふた癖もありそうだった。

「木馬曳きはしたことがあっとな」

「木馬曳きでも何でも、山師のことなら一通りはやったことがありますばい」

吉春はしばらく考えていたが、

「善太どんの頼みなら仕方なかたい、後押しばやってもらおう」

と承諾した。

その日から田口は吉春たちと一緒に寝泊りし、吉春の後押しをするようになった。


吉春は、ふと人の動く気配を感じて眼を醒ました。

障子を透して入る月の光は、六畳の部屋をぼんやり照らしていた。

部屋一杯に布団が敷いてある。右隣りの則行は、布団を跳ねとばし、裸の体を大の字にして寝息をたてていた。則行の隣、一番奥に寝ている妙子を見て、吉春はおやっと思った。この暑いのに、頭から布団をかぶっているのである。

「だれだっ」

吉春は思わず叫びそうになって息を呑んだ。

彼の足もとを忍び足で通り過ぎ、左隣の寝床にもぐり込んだ田口の姿が、月明りの障子にくっきりと浮んだ。

吉春は頭がカッとなった。

総ては了解された。このようなこともあろうかと、妙子は一番奥に、田口は反対の障子側に寝せていたのだったが、今はその配慮も無駄だった。

吉春は、即座に田口を殴り殺してしまいたいと思ったが、妙子のことを思うと、それもならなかった。妹に恥をかかせたくないという気持の方が大きかったのだ。

その夜は一言も発しなかったが、憤りと異様な興奮にとうとう眠れなかった。

朝食の時も、仕事中も、吉春は素知らぬ顔で通した。そして、別に変ったことも起こらなかった。ただ、いつもと違っていたのは、妙子を見る田口の眼が気味悪く光っていたことと、妙子にいつもの明るさがなかったことだけだった。

しかし、夕食も済み、床に入る時刻が近づくと、吉春はもうこれ以上黙っていることは出来なくなってきた。

田口が便所に立ったのを追って、吉春は何気ない様子を装って表に出た。

便所は庭の隅にあった。

「田口」

吉春は、用の終るのを待って声をかけた。

田口は驚いてふり返った。

「話がある、来てくれんか」

吉春は、田口の返事を待たずに納屋の裏へ歩いた。田口は仕方なさそうに彼に従った。

「田口、ぬしゃ、よくも妹に手をつけおったな」

ふいとたち止まると、いきなり田口の胸ぐらをつかんで怒鳴った。

田口は落着きはらっており、吉春の手を強く打ち払うと、一歩退った。

「おれが、何かしたとでもいうとな」

白い歯が月に光り、いかにも不敵に見えた。

「とぼくるな、ぬしは、ゆうべ……」

「ああ、あのことな」

「妙子はな、嫁入り前のおなごだぞ、そればぬしはよくも……」

「せからしか、がたがた泣きごとばならぶるな」

田口は、今までの下手の口調を変え、怒鳴り返した。

「なーに、おれに向って、何ちゅういいざまだ」

吉春は拳をかため、今にも殴りかかろうとした。

「ああたは、けしからんものの解らん人な、村の仁義ば知らん人な。こぎゃんことで身内の者がつべこべいうものじゃなかばい」

「なにっ……」

吉春は言葉に詰った。確かに田口の言葉には一理あったからだ。

彼は、今までにこのような問題で身内が騒いだという話は聞いていなかった。しかもこのようなことは、村のどこかでしょっちゅう行われているのである。

「どぎゃんな、ああたも二度や三度は覚えがあるどがな。それがしきたりというもんたい。身内は知っとっても知らんふりしとるとが仁義というもんたい」

「…………」

吉春は完全にいい負かされた。

「よかな、村の仁義ぐらい覚えとらんと、村にも住めんし、山でも働けんばい」

田口は追いうちをかけた。

「おら、仁義ぐらい知っとる」

吉春は漸く突破口を見出した。

「仁義ば知っとればこそ、どこの馬の骨とも知れんぬしば使うてやっとるとじゃないか」

「そのくらい、当り前のことたい」

田口は軽く受け流した。

仕事を求めて流れて来た者には便宜を与える。これは山に働く者の一つの礼儀であり仁義であった。

吉春は、山の仁義・礼儀については父親にやかましく教えられてきた。それで、田口が善太に連れられて来た時、彼は田口の出生地・経歴すら尋ねずに使ってやった。木馬の後押しに流れ者を使うということは大冒険だったのだ。しかしそれは、田口のいう通り山の仁義からすれば当り前の行為だったのかも知れない。少なくともそうした世界のみを渡り歩いて来た田口には、当り前のことをされたに過ぎなかった。

「今度は赦してやるばってん、二度と妙な真似ばすると、その時はうち殺してやるぞ」

口調は荒かったが、初めの剣幕は消え、吉春は部屋に戻った。

隣の則行は寝息をたて始めたが、吉春は仲々寝つかれなかった。かといって、耳もとの蚊を追い払う気力もなかった。

田口といい争った言葉が、繰り返し繰り返し思い出された。自分にはどこにも非はないはずなのに、田口にいい負かされてしまった。腕力にかけては誰にもひけをとらぬ自信があるのに、それをふるう機会すらなかった。その理由が彼には解らなかった。

「この場に親爺がいたらどうするだろう、ひと思いに殺してしまうだろうか、それとも眼をつむって知らん顔をしているだろうか」

あれやこれや考えているうちに、彼はふと、一カ月間も同衾した揚句、別に大した理由もないのに暇を出してしまった女のことを思い出した。

その時は、別にやましい事をしたとは思わず、周囲の人もそれが当然の事と認めてくれたが、今考えてみると、とても大きな罪を犯したように思えた。何故だかは解らなかった。

考えることにそろそろ厭がきた頃、今夜は大人しく寝ていた田口がむっくりと起き上り、忍び足で吉春の足もとを通り、妙子の床へ向った。

吉春はものもいわず、思いきり田口の脛を蹴った。ふいを喰った田口はその場に倒れ、しばらくしゃがみ込んでいたが、ごそごそと自分の床に帰り、頭から布団をかぶった。

昨夜のことに腹を立てているのか、仕事中も田口は始終むっつりしていた。最終回を曳く頃には、山中の木馬道はかなり暗くなっていた。

「しめて、こいこい」

吉春は、いつもと変らぬ掛け声を掛けて鼻殺しの坂を下り始めたが、四、五間も下らぬうちに、

「あっ」

と叫んで、二、三歩前にのめった。

いきなり木馬の勢いが増したからだ。

「ハジキをかけんかっ」

吉春は絶叫に近い声をあげたが、彼の声はみるみるうちに木馬と共に田口から遠去って行った。

吉春は、鼻木を握りしめたまま懸命に走った。いつかの則行の様子を瞬間思い浮べたからだ。

カーブに差しかかった瞬間、彼は握っていた鼻木を思いきり横へ突き放した。

十石以上の木材を積んだ木馬は、谷間をゆるがせ谷底へ転落して行った。

崖に突き当ってやっと止まった吉春は、茫然と谷底を見下した。

「怪我はなかったな」

田口は息せき切って駈け下りて来た。

さも驚いた様子の顔を見て、吉春は急に憤りがこみ上げてきた。

「ぬしゃあ、ハジキばかけんじゃったなっ」

彼の剣幕に、田口は一間もとび退った。

「うんにゃ、ロープが切れたとですばい」

「じゃあなか、おればうち殺そうとして、わざとロープば離したに違いなか」

「ほんとに、ロープが切れたとですばい」

田口の顔には、明らかに狼狽の色が現われていた。

「よかたい、ぬしがそぎゃん言うとなら、明日の朝、木馬ば引き上げて見れば判るで。もしロープが切れておらんじゃったときゃ、そのときゃ覚悟しとれよ」

二人は戻る道々も言い争った。

「どぎゃんしたとな」

手ぶらで帰って来る二人を見て、途中まで迎えに来ていた則行が不審そうに尋ねた。

「ハジキのロープが切れて、谷へつこけたとですばい」

田口が先に答えた。

「どこでな」

「鼻殺しでたい、あぶのうおれもつこくるところじゃった」

吉春がむっつりと答えた。

「そりゃ危かったな」

ハジキのロープが切れることも時にはある事故だったので、則行は別に疑わなかった。

翌朝、吉春たちが目覚めた時、田口の床は既に空になっていた。

「なしゅう、早ういわんじゃったな」

吉春が、田口はわざとロープを離したらしいと打ち明けると、則行は歯ぎしりしてくやしがった。

「まだはっきりしたことは判らんし、お前にいうたら、ただじゃ済まんからな」

「ただで済むも済まんも、そぎゃん奴はうち殺してやる。ばってん、なしゅう兄さんばうち殺そうとしたとじゃろうか」

「渡り者だけん、そのくらいのことはするどう」

吉春はあいまいな返事をして、真相はいわなかった。

三人で一日がかりで谷に落ちた木馬と木材を引き上げた。案の定ハジキのロープは切れてはいなかった。

「あぎゃん奴は、もう生かしちゃおれん」

気性の荒い則行は、暇を見ては伐採地やコバズリ現場などへ行って田口の行方を捜して回ったが、彼の姿はこの近辺の山からは消えていた。

## 八

山に入ってから四カ月、予定より遅れて第一期の搬出作業が終りに近づいたある日、それまでも度々事故を起していた鼻殺しの坂で、善太の曳く木馬が彼もろとも転落した。

「あんたっ」

狂気のように叫んで、嫁の房子が漸くのことで谷底に下りた時は善太の頭は木材と岩に打ちくだかれ、もうこの世の人ではなかった。

吉春たちが駆けつけた時、房子は、善太のくだけた頭に覆いかぶさったまま気を失っていた。房子を引き離し、善太の遺体を持ち上げると、桃色の脳髄がすたすたと落ちた。

遺体引き上げには、竹平集落の村人たちも手伝った。

それから間もなく経って、鼻殺しの坂に崖をくりぬいて石地蔵が安置された。村人たちが建てたものだった。

石地蔵安置には、善太の冥福を祈り、これからの無事を祈るという気持も勿論含まれていた。しかし、それならば仕事関係者か遺族が建てそうなものだが、村人たちにとっては彼らよりもより深刻な問題だったのである。木馬曳きや他の山師たちは、仕事を終えればそこを去って行くが、彼らが働いていた場所だけは永遠に残る。たとえ木材搬出用に拓かれた道であっても、後には村人たちの大切な財産となるのである。それは有難いことだったが、度々不幸を起こした場所まで残されるのはははなはだ迷惑だった。

そこで彼らは、こういう場合の最良かつ簡単な解決策を考えた。それは総てを神仏に一任してしまうことである。かくして彼らは、なにがしかの金を出し合って、不幸のあった場所に石地蔵を安置したのである。

「新しかゆだれかけがかけてあるばい」

妙子は、途中手折った秋草を地蔵さんに供えた。

「誰がかけたとじゃろうか」

そういってしまってから、妙子は、はっとしたように顔を曇らせた。

房子の発狂を昨日伝え聞いたばかりだったからだ。

「妙子、木馬曳きの嫁ごにはなるもんじゃなかぞ」

吉春も同じことを考えていたのか、ぽつりいった。

「木馬曳きは、いつうっ死《ち》ぬかも知れんからなあ」

「房子さんは、ほんに可哀相《ぐうらし》かなあ」

「手足ば縛られて、町の病院へ連れて行かれたげな」

「しょっちゅう、わけない、わけない、とゆうとるげな」

吉春と妙子が伝え聞いた房子の噂をし合っていると、

「ただ縁起の悪かことばかりゆうとる」

と、則行が不機嫌そうにいった。

「どこでうっ死ぬとも同じことたい、どうせ死ぬとなら、男らしか木馬曳きでうっ死んだ方がよか」

「そぎゃんそぎゃん、そぎゃんじゃったね」

吉春は苦笑した後、
「ロープかろうて木馬を肩に
遠い山路をとぼとぼと
可愛いわが子に後押しさせて
誰が打つやらがい（鎹）響き」
と、父親が好んで歌っていた歌を小さな声で歌い出した。

## 九

半年近くも入院し、漸く帰宅を許されたものの、菊蔵の体は元通りにはならなかった。肺エソを併発したため殆んど廃人同様となり家にごろごろしているのが精一杯だった。時折、申し訳みたいに畑に出たが、腰をかがめただけでひどく咳き込み、仕事にはならなかった。

半年の入院中、山元の親方から貰った金は、結局見舞金の千円だけだった。

それでも菊蔵は、親方を恨むどころか、相変らず息子たちを使ってくれる親方に心から感謝していた。

竹平山の第二期搬出を依頼された日の夜、菊蔵と女房の吉乃は、珍しくいい争った。

「ああたがどぎゃん言おうと、弘だけには木馬曳きばさせとうなかですばい」

吉乃は先ほどから語調強く同じ言葉を繰り返していた。

「お前はけしからんものの分らんおなごじゃな、それならば、学校ば出てから何ばさするつもりや、町の子供のごと、遊ばせてでもおくつもりや」

菊蔵の鼻ひげは興奮のためふるえ、ひといきしゃべっては咳き込んだ。

話題の中心になっている弘を初め子供たちは貰い風呂に行っていて、炉端には夫婦と猫しかいなかった。

「何べんもいうたごと、弘にだけは安全な仕事ばさしゅうごたる、いつうっ死ぬか知れん仕事はもう沢山ですばい、ちっとは家にいて朝晩心配ばかりしとるおどんの気持にもなって下っせ」

これほど強く喰いさがる吉乃を見るのは初めてだった。以前の菊蔵なら、とっくにびんたを喰わせているところだったが、今の彼にはそれほどの気力はなく、また、吉乃にも普段と違って何か犯しがたい威厳のようなものが感じられた。

「それならば、コバズリでもさする気や」

コバズリという言葉をさも軽蔑したような口調でいった。

コバズリというのは、伐採された木材を木場に集材する仕事のことで、この仕事には現地の村人たちが雇われていた。コバズリとてもかなりの技術と経験を必要としたが、山仕事の中では簡単な方であった。

「わしが子には、コバズリや道作りどまさせんぞ」

すっかりやせ衰えてはいたが、そういう菊蔵の顔に、吉乃は一瞬昔のたのもしさを見出した。だが、それもすぐ夫を廃人にしてしまった悲劇と結びついてしまった。

「コバズリでも道作りでもよかですがな」

「馬鹿たれ、わしが子は木馬曳きじゃ」

菊蔵は、自分の一家が木馬曳きであることに限りない誇りを持っているのだった。彼の子供の頃はさして盛んでなかった木馬曳きを渡り山師について習い、家業にまでした彼だった。自分が木馬曳きになり、子供たちにも木馬曳きをさせたからこそ、こうして我が家が栄えているのだと固く信じていた。

「何ばいい合っとるな」

貰い風呂から帰って来た吉春たちは、口の辺りをぴくぴくさせている親たちの顔を見較べた。

「弘、お前や、木馬曳きも出来んごたる腰抜けか」

父親にいきなり怒鳴りつけられた弘は、きょとんとした顔で炉端に座った。

「父つあんな何ば腹立てとるとな」

吉春が弘をかばうようにいった。

「弘はまだ何もいうとらんどがな」

「うんにゃ、弘が腰抜けだけん、おっかあの奴が弘ば木馬曳きにさせんというと」

「おら、木馬曳きばせんちゅうとは、一度もいうとらんばい」

弘は抗議するようにいった。

「弘、木馬曳きにゃならんでおくれ」

母親は哀願するようにいった。

「お前や、黙っとれ、おなごのくせに」

菊蔵は吉乃を怒鳴りつけた。

「まあまあ二人とも順序よう話さんば、おどもには分らんたい」

吉春が仲裁に入った。

菊蔵と吉乃は、弘を木馬曳きをさせるかさせないか先ほどまでいい争っていたことを、今一度自分の意見を強調して話した。

「弘、お前や、木馬曳きは好かんや」

火箸をいじくりながら親たちの話を聞いていた則行が初めて口を開いた。

「好かんことはなか」

「恐ろしかや」

「何の恐ろしかろうに」

「それなれば、木馬曳きになれ、面白かぞ木馬曳きは」

則行は、まるでけしかけるようにいった。

「ばってん兄さん」

妙子は母親の肩を持つらしく口を挟んだ。

「なんか、男なら木馬ば曳け曳け」

則行は構いなくけしかけた。

「うん、おら、木馬ば曳くばい」

弘は、しばらく考えていたが威勢よく答えた。

「そうか、木馬曳きになるか」

菊蔵の頬は途端にくずれた。

「おれが子は、やっぱり木馬曳きぞ、吉春、今度はいつ発つとや」

菊蔵は、まるで一人ではしゃいだ。

「あさってどま発たずうば」

「そうか、そんなら明日の昼は赤飯ば炊いて祝うてやらにゃ、なあかかさん」

吉乃は頷いた。もう逆いはしなかった。

「木馬曳きは、自分で木馬ば造りきらにゃだめじゃ」

といって、翌日は一日がかりで弘に木馬を造らせた。菊蔵は、かたときも弘の傍を離れないで、木馬造りのコツを教え込んだ。

吉乃は、折よくやって来た行商人から、弘の地下足袋を買った。

菊蔵と吉乃は、庭先に立って子供たちを見送った。

弘は兄たちよりもずっと小柄だったが、仕事着にしょい篭をからった姿は、もう一人前の山師だった。

「弘ももう食いはずしはせんぞ」

菊蔵はつぶやくようにいった。

彼は、自分が築いてきた道を固く信じていた。


（了）

# 日《ひ》障《ぞえ》

山の夜明けは、開け始めると速い。閃光のような朝日が山の端に走ったかと思うと、それはまるで堰を越えた水が流れ落ちるように斜面を下ってきて、黒ずんでいた斜面はたちまちのうちに今を盛りの紅葉に彩られていった。

谷迫に建てられた炭焼小屋にも、漸く光が届いた。

「そろそろ出かけるけん」

源六は、父親が石油ランプの灯を吹き消すのを見て言った。灯が消えても部屋の明るさには変わりがなかった。

「そうじゃのう。北岳の炭山に着くまでは日《ひ》一日《ひて》はかかるじゃろうからのう。しばらくは苦労が絶えんじゃろうが、お浜さん、頼みもすばい」

父親は源六に応え、昨日の昼過ぎ、隣村の炭山から源六の許に稼いできたばかりのお浜に言った。お浜は小さく頷き、隣の源六を見遣った。一夜を明かしたばかりの二十二歳と十八歳の夫婦は、顔を見合わせるのもまだぎごちなかった。

土間に置かれた二つの背負子には、既に堆く荷物が結わえつけてあった。これから新しい生活を始める若い夫婦の全財産である。

「向こうに着いたら、二人で飲みなされ」

母親が焼酎の入った徳利の栓を締めなおし、お浜に手渡した。昨日、形ばかりの祝言を挙げた折の残り酒なのだろう。

小屋の前を流れる細い谷川を飛び石伝いに渡ると、そこはわずかばかりの平地になっていて、炭窯が築かれ、窯出しした木炭を俵詰めにするための作業場があった。炭窯の火は既に止められており、窯口も煙突口も赤土で塞がれていたが、わずかな隙間から湯気のような白い煙が滲み出て、酸っぱい匂いを漂わせていた。

「木馬道《きんまみち》に出るまではぬかるみじゃけん、気をつけて行けよ」

ここまで見送ってきた父親が別れを述べた。

源六とお浜は、両親に頭を下げ、細い坂路を下って行った。

お浜が足を滑らせる気配を感じて、先を歩いていた源六は振り返った。お浜は危うく尻餅をつきそうになって、気恥しそうに笑んだ。

四季を通して陽の当たることのない日障《ひぞえ》の路は、地面の水分が乾くことがなく、年中じめじめとぬかっていた。二人が履いているおろしたての足半《あしなか》草履は、たちまち水分を含み、泥にまみれた。

「おれも、ここではよう転んだ」

源六が父親に連れられてこの炭山に来たのは十五年ほど前のことであるが、その時以来、この路では何度足を滑らせただろう。学校の行き帰り、炭俵を背負って木馬道に出る途中、数え切れないほど転んだ。冬は凍りついていて、掌や膝小僧から血を流したこともあった。

「お浜がおった炭山にも、こげんな日障の路はあったな?」

「同じような路はありもした」

「これから行く北岳は、どぎゃんじゃろうなあ」

「迫の路は、だいたい同じようなもんですばい」

源六とお浜は、初めて会話らしい言葉を交わした。

ぬかるみの坂路を下り終えると、木馬道に出た。木材や木炭を積んだ木の橇、即ち木馬を走らせる道なので、ここは余程歩きよかった。

木馬道が終わり、村道に出たところで、源六とお浜は漸く休憩をとった。道脇の土手に背の荷物を預けた二人は、申し合わせたように首に掛けていた手拭で顔を拭った。同じような荷物を背負い、同じ道を前後して歩いて来ただけで、二人は随分と近しくなったような気がした。

村道に沿って集落があったが、人影は見えなかった。源六はそれを見届けるようにしてから、背負子の紐を肩に当て直した。

と、その時、集落の方が急に騒々しくなって、五、六町先の家から小旗を持った村人たちがぞろぞろと出てきた。

源六はぎょっとしたように、背負い上げた荷物を再び土手の上に下ろした。

「万歳、万歳」

家から出てきた村人たちは、小旗を打ち振り、口々に叫んだ。男たちは祝い酒に酔っているようだった。

「佐吉どんが出征するとじゃろう。佐吉どんは力も強かし、頭もよかけん。村の名誉だちゅうて、みんな喜んでおった」

源六はつぶやくように言った。

満州事変の勃発で、この九州奥地の村々も日毎に騒々しくなってきて、選ばれた若者たちは村人の祝福を受け、勇んで出征して行った。

盛んな見送りを受けて、身を反り返して旅立って行く佐吉を源六とお浜は息を殺すようにして眺めていた。佐吉が見えなくなっても、兵士を出した家の前には、村人たちがたむろして立ち話をしていた。

「村を避《よ》けて行こうか」

源六が小声で言うと、お浜はこっくりして同意した。

源六は、村人たちの蔑みをこめた眼を思い浮かべていたのだ。里で出会う村人たちは、口では愛想のよい挨拶を返してくれても、その眼は決まって意地悪い光を放ち、着ているものやら持ち物をじろじろと見回すのであった。木炭の粉に塗《まみ》れている者が何故に畑の土に塗れた者よりも劣るのか、その理由を考える力もないままに、そうした村人たちの視線に耐えなければならなかったのである。

農閑期には自家用以上の木炭を焼く者も多いのだが、炭焼きを専業とする者とは画然と区別し、農家と炭焼師との比較に関する限り、村人たちは確乎たる自尊心を持っていたのである。この村人たちから身を護る方法は、唯一つ村人たちを避けることだけだった。

「村のもんは、酒を飲んで、だいぶ酔うとるうようじゃけん」

源六は、淋しげに言った。

出征兵士を送る祝い酒に酔った村人たちに見つけられたら、蔑みの眼で見られるだけでなく、意地悪い皮肉を投げつけられるかも知れない。今日の源六には、猫の子を貰うようにして貰ったお浜を連れ、こっそりと村を出て行くという弱味があった。それに目的は違っていても、佐吉と自分のあまりに違い過ぎる村立ちの様子に、何とも言えない遣る瀬なさを感じていたのだった。

源六とお浜は、村道を少し引き返し、畑中の小路に入った。畑に人影はなかった。源六は草紅葉を二、三本ちぎり、その一本を口にくわえた。安らぎの表情が戻っていた。

いくつかの集落を通り抜け、町に着いたのは昼近かった。滅多に出ることのない町の店先に並ぶ商品は、どれをとっても珍しいものばかりだったが、ここでも二人は脇目も振らず、まるで野良犬のように俯いたまま人目を避けて歩んだ。

駅前の高岡屋に辿り着いた時、源六もお浜も疲れ切っていた。

高岡屋は熊本県でも有数の木炭問屋で、この地方一帯の木炭は殆ど高岡屋の手を経て郡外へ移出されていた。主人の伝蔵は二代目で、やっと五十に手の届いた年頃だったが、先代に劣らず仲々の商売人で、仲買だけでなく、郡内各地に薪炭林を持っていて、手山製炭も手広く行っていた。

源六が店先で恐る恐る案内を乞うと、番頭に取り次がれて伝蔵が出てきた。

「この時間じゃ途中で腹が減るじゃろう。裏へ回って飯を食うていきなさい。その間に当座の米や味噌など馬車に積んでおくけん。お前さんたちが来るまで、炭を受け取りに行く馬車を待たせておいたのじゃ」

伝蔵は若い二人に好意的だった。

二人が食事を終えて店先に戻ってくると、伝蔵は馬車曳きに指図するような口調で何か言っていた。馬車の上には源六たちの背負子のほか、縄がけした唐米袋が積んであった。

「谷尻村までの道のりはおよそ四里じゃろうか、そこまでは馬車が連れて行ってくるるたい。谷尻では駒助どんを訪ねなさい。万事頼んであるけん、北岳の炭山に案内してくるる。炭窯造りの費用なども駒助どんに預けてある。それから新世帯に必要と思われるものは一通り運び込んであるはずじゃが、不足の品があったらこれも駒助どんを通して言うてきなされ」

「何から何まで、ありがとうござりもす。一所懸命、焼かせて貰いもす」

源六は、心から礼を述べた。住まいの小屋のほか、築窯に必要な道具、布団や鍋釜の類は高岡屋の方で用意してもらう手筈になっているからと父親に聞いてはいたが、伝蔵にやさしく言われると、改めて感謝の念が湧くのだった。高岡屋のためなら身を粉にして炭焼きに精出そうと、源六は若い胸にそう誓った。

自分の炭山を所有して製炭する者なら兎も角として、炭焼きの技術だけを頼りに生きている大方の炭焼師たちは、高岡屋のような資本を持った業者に雇われて炭を焼くほかない。要求されるままに製炭すれば、業者は前貸し分の米や味噌醤油等の代金、諸掛りの経費を差し引いた残りの焼賃を支払ってくれる。渡される金額は貯えのできるほどのものではなかったが、炭焼師たちは何の不審も抱こうとしないばかりか、職を与えてくれた雇い主に感謝し、できるだけ良質の木炭を効率よく焼いて、その恩に報いようとしているのだった。

源六たちを乗せた馬車が大川沿いの県道を遡り、谷尻の集落に着く頃には、秋の日はだいぶ傾いていた。

駒助は既に隠居の身だったがまだまだ足腰はしっかりしていて、源六たちが訪ねると、早速主だった家を連れ歩き、村人たちに引き合わせてくれた。これから先、北岳の炭山で炭を焼く限り、何彼につけ付き合っていかなければならない谷尻の村人たちだった。

九州南部の山塊は稜線はなだらかだが、まるで着物の襞のように幾本もの谷が刻まれており、その一つの谷間の集落が谷尻であり、源六たちが入る炭山はこの谷を一里ほど遡った、北岳の麓にあった。集落のはずれを通る県道からは谷に沿って木材搬出用の木馬道が通じていたが、駒助は近道になっている山中の杣道を案内した。

杣道が木馬道と合した地点が谷の行き止まりで、谷川の水はそこからは細い幾筋かに分かれ、やがて地下に消えていた。

高岡屋が源六のために用意しておいた炭焼小屋は、湧水が一本に集まった迫にあった。住まいの小屋のほかに、筵で囲んだだけの便所小屋と、石を積んだ上に釜を据えただけの風呂も設けてあった。細い流れを挟んで、炭窯を築く場所も整地してあった。

迫から見渡せる三面一帯は楢を主とする薪炭林で、駒助の話では、その殆どが高岡屋の持山で、ほかに立木だけを買い取ったものもかなりあるということだった。

「明日の朝、村のもんをよこして炭窯造りを手伝わせるからのう」

駒助は、荷物運びを手伝って一緒に登って来た孫を連れて帰って行った。

日は既に暮れかけ、谷を吹き上げてきた風に、迫一杯に紅葉が舞った。

「この炭山の木を焼いてしまうには、十年や二十年はかかるばい。焼き方によっては一生この山を離れんでもよかかも知れんね」

源六は、見事に繁った炭山を見渡しながら、お浜に語りかけた。山で見る源六の顔は里や町で見る顔とは違って、晴々しくまた雄々しく見えた。

肩を並べて立ち尽くす二人に、舞い上がった落葉が降りかかった。

「少しでも明るかうちに、晩飯の仕度をしましゅうな」

背負子の荷物を解くお浜の顔も生き生きとしていた。

囲炉裏を挟んで、二人だけの初めての食事だった。母親が持たせてくれた焼酎を分けて飲んだ。醬油で煮つけただけの干椎茸は焼酎によく合って、大方飲んでしまった。

囲炉裏の火が消えかかると、小屋の中はたちまち闇に包まれていった。高岡屋は石油ランプまでは用意してくれていなかった。火が消えかかるたびに源六は榾をくべたが、間に合わせに集めただけだったので、やがてくべる榾もなくなってしまった。

片隅の筵の上に敷いた煎餅布団に源六が横たわると、お浜も手探るようにして横に並んだ。

囲炉裏の灰をほのかに照らしていた熾火も消えた。

鳴き止んでいたこおろぎが、再び枕もと近くで鳴き始めた。早くも小屋の中に住み着いているらしかった。

「ホイホイさんが来てござらっしゃるばい」

源六がけだるそうな声で言うと、

「ほんに」

お浜は小さく答えた。

谷川のせせらぎの音に混って、村人たちの話声や木材を運ぶ掛声などが聞こえてきた。深山ではよく起こる現象で、音の蜃気楼とでもいうものであろうか、山に生きる者たちはこれを「ホイホイさん」と呼び、山の者の仕業だと信じていた。

夜も更け、ホイホイさんの声もやがて遠のいていった。

翌朝、夜明けとともに起きた源六は、築窯用の赤土を探しに出かけた。

炭材と炭窯とは言うまでもなく炭焼師の生命だった。殊に炭窯の出来不出来の責任は、総て炭焼師側にあり、したがって窯土の選択と築窯には最も苦心を要するのだった。問屋が要求してくる通りの炭質と量を焼き出すことのできる炭窯でなければならなかったし、一定期間、少なくとも三、四年の使用に耐えられる炭窯でなければ生業として成り立たなかった。

源六が困じ果てたような顔で帰ってくると、それを追うようにして村人が六人、山鍬やもっこなどを持ってやってきた。駒助が差し向けてくれた谷尻の村人たちだった。

「どなたさんにも、お世話さんになりもす」

源六は村人たちに丁重に挨拶をし、

「困ったことに、この付近にはよか窯土は見当らんですばい」

と言った。

「なあに、この辺りのことはわしたちがよう知っておるけん、心配はなか。窯土はわしたちが探してくるけん、お前さんは炭木の用意でもしていなされや」

村人たちは、源六の言葉には耳を貸そうともせず、さっさと出かけて行った。

源六は不安でならなかったが、初めての村人たちに逆らいもならず、仕方なく炭木の伐採にかかった。村人に言われるまでもなく、炭窯の原型を造るには一窯分の炭木が必要だったのだ。

お浜は、夫と村人たちとの遣り取りを気遣わしげに聞いていたが、勿論口出しなどできるはずがなく、炭俵の材料にする萱を探しに出かけて行った。炭焼師の女房にとって、萱刈りと俵編みは生涯続けなければならない重要な仕事だった。

やがて村人たちは二人一組になって、もっこを担いで戻ってきた。源六は鉈《なた》を放り捨てて馳け寄り、もっこの中の赤土を摑み取り、ぎゅっと握り締めた。

「この土は駄目ですばい。ちっとばかり粘り気が足らんですばい」

源六は、言葉は丁寧だが激しい口調で言った。

「水で捏ねれば粘りは出てくるけん、心配なか。壁土でもこのくらいの赤土なら上等の方たい」

「窯土と壁土とでは、違うですばい」

「なあに、大して違いはなか。わしたちだって、炭窯の一つや二つは造ったことがあるとじゃけん」

「そぎゃん、そぎゃん。炭窯を知らんわけじゃなか」

村人たちは、源六の抗議には取り合おうともしなかった。村人たちは悪意をもって源六に接しているわけではなく、彼らとて炭窯を築いた経験はもっていたのだ。ただし、彼らの築く炭窯は自家用の木炭を焼く小さなもので、炭焼師のものとは比べものにならなかった。経験の相違は、意見の相違でもあった。

村の住民と新参者、多勢に無勢、年配者と若輩者、どれをとっても源六に分はなく、村人たちに押し切られてしまった。

「こぎゃん土じゃ、ろくな炭窯は出来やせん」

山積みされてゆく赤土を前に、源六は茫然と突っ立ち、繰り返しつぶやいた。

しかし、今となればこの土で窯を築くほかなく、源六は歩幅で寸法を測りながら窯型をとり始めた。父親と一緒に幾つもの炭窯を築いてきたのだから、惑うことはなかった。

「炭焼どんの窯は、随分とふとかなあ」

村人たちは、自分たちが築いたことのある炭窯との相違に漸く気がついたふうだった。窯口の大きさ、天井の高さ、煙道の配置もまるで異なっていた。窯土運びの時とはうって変わって、村人たちは源六の指図通りに働いた。

一週間後には炭窯が出来上がり、次の日は丸太を組んで屋根をつけ、総てが完成した。

炭窯完成を祝う窯うち祝いは、駒助の家で行われた。築窯を手伝った村人たちの日当を初めこの日の酒代等は、高岡屋の諸掛りの一部として駒助が預かっていたので、万事駒助が手配してくれた。

この席で源六夫婦は改めて村人たちに紹介された。源六たちは深々と頭を下げ、築窯の手伝いに対して礼を述べ、今後の末永い付き合いを乞うた。この山で炭を焼く限り、谷尻の村人たちとの付き合いなしでは生きてゆけないのだ。里から離れてひっそりと炭を焼いているようにみえても、その実は見えない糸で村人たちと結ばれているのだった。

酔いが進むにつれ、手拍子で唄う者も出てきて、座はにぎわった。築窯を手伝った男たちは殊に機嫌がよく、まるで自分たちが主役であるかのように振舞った。窯土の件では一悶着あったが、この分ではどうにか付き合ってゆけるだろうと、源六は胸をなでおろした。

翌日、源六は窯口に火を入れた。窯が新しいうえに炭材も伐採したばかりの生木だったので、着火するまでに時間がかかった。煙突から白煙が昇り始めた。炭材が乾燥するまでは水蒸気を多く含み、煙突から吐き出されると間もなく頼りなげに消えてしまう。窯の天井から盛んに湯気が立ち始めた。炭材に着火して窯が乾き始めたのだ。源六は、先を平たく削った棒で、天井を満遍なく叩き固めた。新窯の最後の仕上げなのだ。褐色をしていた表面が次第に白くなり、手応えも固くなってきた。

源六は、煙突から立ち昇る煙の色を見定めたり、その匂いを嗅ぎ分けたりしながら、頃合いを見計らい、通風口を残して窯口を塞いだ。煙の色と匂いによって、通風口と煙突口の大きさを調節し、最後に両方の穴を塞いだ。

炭化が終わり、自然消火するまで四日間ほどかかる。源六は、炭材を伐る合間に幾度となく窯の様子を見に行った。

「やっぱり、おかしかぞ。お浜、お前もそう思わんかい」

源六は、萱刈りから帰ってきたお浜をつかまえて言った。

お浜は背負っていた萱の束を下ろし、片手を窯に押し当てていたが、

「火を止めて三日にもなるとに、熱過ぎもすね」

と、顔を曇らせた。炭焼師の娘として生まれ育っていたのだから、炭焼きのことは十分に心得ていたのだ。

窯の天井一面にひび割れが走り、目には見えないが、窯の中の熱気が漏れている気配が感じられた。

四日経っても五日経っても、窯はかなりの熱を残していた。完全に消火していないのだ。

「どうせ駄目じゃろうばってん」

源六は半ば諦め顔で、窯口の横手に設けてある取出し口の蓋を開け始めた。火を止めてから八日目のことだった。

お浜も心配顔で見守っていた。

「案の如く、灰ばかりばい」

ぽっかり開いた取出し口から見えるのは、どうやら灰ばかりのようだった。

「初めの一窯は灰が多かもんですばってん、炭がちっとも見えんですね」

源六の肩越しに覗き込みながら、お浜が言った。

手前の灰を掻き出し、源六は余熱の残る窯の中に入って行った。

灰まみれになって出てきた源六の手に、黒い塊が握られていた。

「ありもしたな」

お浜の声がはずんだ。

しかし源六は、手にしていた塊を投げ捨て、

「これは根燃《ねもえ》たい」

と、吐き捨てるように言った。

それは見た目には木炭だが、不完全炭化の根燃だった。

「見込みはなかろうばってんのう」

源六は諦め切れない様子で、手拭いで鼻と口を塞ぐと再び窯の中に入って行った。

「お前さん、窯の中にあまり永くおっては危なかですばい」

なかなか出てこない夫に、お浜が気遣わしげに言った時だった。窯の中でどしんと音がして、取出し口から灰が吹き出してきた。

「お前さん、どぎゃんしもしたか」

お浜は灰を払いながら窯の中を覗き込んだが、思わず悲鳴のような叫び声をあげた。真暗なはずの窯内に明りが射していたからだ。

「天井が、落ちたぞ」

頭から窯土と灰を浴びた源六が、もがくようにして這い出してきた。

「ちょいと叩いてみたら、崩れ落ちてしもうた」

「怪我はなかったですか」

「大したことはなかばってん、窯がこのざまじゃ。村のもんがおれの言うことをきかんもんじゃけん」

あとは言葉にならず、源六は両手で顔を覆い、うずくまった。

お浜は、源六の手から灰まみれの手拭いをそっと取り、首に掛けていた自分の手拭いを手渡した。

「風呂を沸かしますけん。まだ陽が高かですばってん、今日はよかですたい」

精一杯の慰めの言葉だった。

夕飯の仕度もいつもより早かった。

「気を取り直して、もう一度、造りましゅう」

お浜は、残っていた焼酎を碗に注いで差し出した。

「高岡屋さんからの銭は、窯一つ分しかなかはずじゃ。駒助どんにはもう頼めん」

「おどんたちだけでやってみましゅう」

「人手なしに、出来るもんか」

「父さんたちに頼んでみましゅうか。こぎゃん時ですけん、助けてくるるかも知れんですよ」

「どっちの親にも、そぎゃんなゆとりはなかはずじゃ。そんくらい分かっておろうが」

源六に怒鳴られて、お浜は黙ってしまった。毎日の生活に追われている親たちに、手伝いに来てくれとか、人手を雇う費用を出してくれなどと頼めるはずがないことは、お浜にもよく分かっていた。

源六は、ろくに食事もとらず、自分で敷布団を広げ、横になった。

お浜は囲炉裏の火を見詰めたまま、身じろぎもしない。夫を慰める言葉は、もうなかった。

ぱちぱちと跳ねていた薪の火が小さくなり、煙を残して消えた。熾火が囲炉裏の四角い輪郭をうっすらと照らし出している。

「寒かですね」

囁くような声とともに、仰向けになっている源六の上にお浜が覆いかぶさってきた。反動で源六はお浜を抱いた。お浜は身に何も着けていなかった。

源六はお浜の裸体を抱き締めながら、初めて夫婦というものが解ったような気がした。

一夜明けると、源六はすっかり元気を取り戻しており、「窯土を探しに行ってくる」と、握り飯を持って出かけて行った。そして夕方近くになって、風呂敷に包んだ赤土を抱えて帰ってきた。

「お浜、ようよう見つけたぞ、この土なら大丈夫じゃ」

「よかったですなあ」

「ばってん、あの尾根を越えにゃならんけん、どぎゃん働いても日に五、六回しか運ぶことができんじゃろう」

「おどんも一緒に運びもす」

「きつかぞ」

「夫婦じゃなかですか。ここにはお前さんとおどんしかおらんとですばい」

「よかったばい、お前と一緒になって」

源六はごく自然な仕種で、お浜を引き寄せた。

夫婦だけの窯土運びが始まった。尾根越えで数百貫もの土を運ぶのだから、並大抵のことではなかった。必要量を運び終えるのに十数日もかかり、最後の日には途中で見つけた崩れ落ちた炭窯の古土を運んだ。古窯の土を混ぜると丈夫な窯が出来るのである。

二人だけの築窯作業も困難をきわめた。

高岡屋から出炭を催促する使者がやってきたが、炭窯はまだ半分も出来ていなかった。

年が明け、一月の末になって、第一回目の窯出しにこぎつけた。搬出用の木馬（橇）を作っている暇がないので、木材搬出用の他人の木馬を無断借用し、県道端の積出し場に運び、その旨を駒助を通じて高岡屋へ連絡した。

三日後に駒助を訪ねると、初めての焼賃に添えて徳利が一本と塩物の鯖が一尾、高岡屋から届けられてあった。


春になると、お浜の腹部が目立ち始めた。焼賃を節約すれば生まれてくる赤子の物は買えるだろうと、二人は話し合った。二人の親たちだって、十分な貯えがあって幾人もの子供を生み育てたわけではなかった。幸い製炭は順調で炭質も優れていたので、高岡屋からは塩物などが届けられ、小屋の周辺を耕して作った菜園でも少しずつ穫れ始めたので、出費は最小限に抑えることができた。

残暑の酷しい九月半ばの午後、お浜の陣痛が始まった。源六は谷尻へ走ったが、産婆は一里ほど離れた隣村にしかいなかった。

源六は産婆の家を探し当て、すぐに出向いてくれるよう頼み込んだ。源六の身なりをじろじろと見ていた産婆は、今日は体の具合が悪いので出かけることができない、と申し出を断った。背負って行くからと言っても、「炭焼どんに背負われたら、それこそ世間の笑い種たい」と、せせら笑うばかりで相手にもなってくれなかった。

止むを得ず源六は、小屋に走り帰った。全身から吹き出す汗を拭いもせず、お浜の枕もとに座った。

「困ったばい、産婆どんは来てくれん」

頬を流れる汗には涙が混っていた。

「おどんたちだけで、何とかなりもすばい。妹が生まれる時、手伝ったことがありもすけん、お前さんはおどんが言う通りにして下さりまっせ」

お浜は、陣痛に苦しみながらも、笑みをつくって言った。

「よし分かった。石油ランプも買うてあるけん、暗うなっても心配なか。お前が言う通りにやるけん、何でも言うてくれ」

源六がそう言った時だった。

「こぎゃんことじゃろうと思うとった。来てみてよかったばい」

息をはずませながら入って来たのは、駒助の妻のお品だった。

「源六どんが血相変えて戻って行ったと村のもんに聞いたので、来てみたとたい。あの産婆どんは、人を見るけんね。ばってん、おどんが来たからにはもう安心たい」

お品は、てきぱきとお浜の世話を始めた。

「こぎゃん時は、男は部屋を出ておるものばってん、部屋が別にあるわけじゃなし、山の中の夫婦二人きりじゃけん、おってもよかたいね」

お品に言われて、源六は照れたように下を向いたが、小屋から出ようとはしなかった。お品から出来るだけのことを学び取ろうと、密かに心に決めているのだった。

次の朝、男の子が生まれた。

「お前さんがおってくれたので心丈夫だったばってん、生んでしもうたら、やっぱり恥しか」

お品が小屋を出て行ったのをみて、お浜が言った。

「そぎゃんことあるか。次の子からはおれが取り上げてやるたい」

血の気を失せたお浜の額を軽く叩いて、源六は笑った。

生まれた子供には、お品の許しを得て駒助の一字を貰い、平助と名付けた。

その後、一年置きに子供が生まれ、二番目は男の子で松吉、三番目は女の子で常子と名付けた。

小屋も倍ほどの大きさに建て替えた。製炭は相変わらず順調だったので、暮し向きが楽になるというほどではなかったが、どうにか子供たちを育てることはできた。

常子が生まれた翌年、日本は日華事変に突入し、町でも村でも増産という言葉が叫ばれるようになった。木炭の増産も他の軍需物資と並んで国の重要な政策となった。

しかし、この頃はまだ源六たちの生活が大きく変化するほどのことはなかった。長男の平助は弟や妹の面倒をよくみ、親たちの負担を軽くした。時には谷川で小魚を釣ってきて、貧しい食卓に一品を添えてくれた。村人たちからは半ば無視された存在だったが、これは今に始まったわけではない。平穏といえば至極平穏な日々だった。

源六たち炭焼師を取り巻く情勢が急速に変わり始めたのは、昭和十四年の春、木炭が統制品に指定されてからであった。

木炭規格はやかましくなり、炭焼師たちはただ木炭を焼き出せばよいという具合にはいかなくなってきた。

源六の許にも、月に一、二回は、村役場や高岡屋から規格がどうのとか、改良窯講習会があるから出席せよとか、木炭品評会に出品せよとか言ってきた。木炭の横流しを厳禁する通達は何度もあった。

長男の平助が入学した時は小学校だったのが、次男の松吉が入学する時は国民学校と呼ばれるようになった。その国民学校から帰ってきた平助に、大東亜戦争が始まったことを聞かされても、源六にはこれまでの戦争とどう違うのか分からなかった。

その翌年、長女の常子の入学式について行ったお浜が、

「駒助どんが、死になすったげなばい」

と、窯口で火を焚く源六に泣きながら告げた。

源六とお浜は勿論、駒助の家に馳けつけた。

駒助が寝かされている座敷には、親類縁者や村人たちが大勢集まっていた。高齢なうえに大往生だったということで、口ではぼそぼそと悔やみを述べても、家の者までもあまり悲しんでいるふうではなかった。

源六とお浜は人目を憚るように座敷の隅に座っていたが、お品に促されて、駒助の枕辺に進み、線香をあげた。手を合わせる二人の肩は小刻みにふるえたが、非難のまなざしを向ける者はなかった。村人たちもそれなりに了解しているふうだった。

「駒助どんには、世話になりもうしたなあ」

「北岳に来て以来じゃけん、十年の余にもなるのう。よか人じゃった」

源六とお浜は、木炭を積んだ木馬を曳いていても、ついつい話題は駒助のことになった。

県道端に積出し場に着いてみると、県道に馬車と並んで見馴れないトラックが停っていた。車体は見覚えのある高岡屋のものだったが、運転席の後部に円筒状の器具が取り付けてあった。

「積荷がちっとばかり足らんようなので、源六どんが来るとを待っておったたい」

馬車曳きと並んで腰を下し、煙草を喫っていた運転手が立ち上がりながら言った。

「と言うても、このトラックじゃ、以前のようには積めんがね」

「どぎゃんしたとですか、そのトラックの釜のようなものは」

源六は、円筒状の器具を指さした。

「これかい、これはな、木炭自動車に改良したとたい」

「木炭自動車」

初めて聞く言葉だった。

「ご時世でな、ガソリンは戦争に持っていかれて、民間には回ってこんとげな。それで木炭で自動車を走らせるというわけたい」

「この丸かもんに、ガソリンの代わりに炭を入れるとな」

「そぎゃんたい。この釜は木炭ガス発生炉というとげな。上の蓋を開けて木炭を入れ、この送風器を回して空気を送り、火を熾すとたい」

運転手は、木炭自動車の仕組みを一通り説明した。

「炭で自動車が走るとげな。世の中も変わったもんじゃのう」

源六は、小屋に帰る道々お浜に話しかけた。帰りは空の木馬を担がねばならず、肩に食い込むほど重いのだが、今日ばかりはそれも苦にならなかった。自分たちが焼き出す木炭に、自動車を走らせるような力があったということが、痛快でならなかったのだ。

小屋に帰って、子供たちに木炭自動車を見たことをさも自慢そうに話して聞かせると、

「バスも木炭自動車になっておるとばい。坂道で送風器を逆に回わすと、ガス不足で止まってしまうと。そうすると車掌がバスから降りて追うて来るもんな。松吉もやったことがあろうが」

平助が言った。子供たちはとうに木炭自動車のことは知っていて、それを別に不思議には思っていないようだった。

源六を驚かせる出来事は、まだまだ続いた。

夏の日射しが強くなり始めたある日、五人の若い娘が小屋を訪ねて来たのだ。

「製炭のお手伝いに来ました」

娘の一人は大きな声で告げた。

「えっ、何と言うたな」

源六が耳を疑うのも無理はなかった。時折道端で出会うことがあっても頭一つ下げたことのない村の娘たちが、源六の炭焼きを手伝うというのである。

「増産は国民の義務ですばい。女子青年団も家事ばかりやっておってはお国に申し訳がたちません。それで、積極的に増産活動に身を挺すべきだと話が決まり、私たち五人は、源六さんの製炭を手伝うことにしたとです。木炭は国の重要な物資ですけん。今日だけでなく、暇をつくって、できるだけ手伝いに来ます」

「そりゃ、ご苦労さんのことばってん、お前さんたちにしてもらうような仕事は……はて、何をしてもろうたらよかろうかね」

源六は呆気にとられながらも、お国のためと言われれば、何かしらしてもらわなければなるまいと考えた。

娘たちは、源六の指示で炭材運びを終日手伝い、

「お国のために、どうか頑張って下さい」

と言って、帰って行った。

それからしばらくして、今度は男子青年団の一団がやって来た。彼らは「木炭増産勤労隊」と名乗り、炭木の伐採を手伝った。

日ならずして、次に訪ねて来たのは国民学校の教頭と役場の職員だった。村の学校に炭窯を築き、学童の力で木炭を焼きたいので、指導してほしいという依頼であった。

「おれのごたるもんが、学校に教えに行くとげな。ろくろく学校にも通うておらんおれがばい。親父が聞いたら、たまげて目を回すばい」

否応なしに炭焼講師を引き受けさせられた源六は、苦笑しながらお浜に言った。

「お前さんが偉うなれば、おどんも子供たちも肩身が広うなりもす。ばってん、お前さんが出かけることが多くなったら、炭焼きの方はどぎゃんしましゅうなあ」

「村から手伝いを出してくるるげな。そればかりか、高岡屋さんからも人手は都合するから炭窯をあと一つ造れと言うてきておる」

「窯が二つになるとですか。そんなら炭俵も倍編まにゃならんですなあ」

炭俵編みはお浜の役目だったので、それが気にかかった。

「なあに、萱刈りも俵編みも、手伝いが来てくるるじゃろうから心配なか。なにせ、お国のための増産じゃからのう。ばってん、おれが心配しとるとは、炭木の方たい」

「炭木がどぎゃんかしもしたか」

「炭窯が二つになれば、炭木もその分余計に伐らねばならん。窯一つなら順繰って伐ってゆけば、これから先も炭木が絶えることはなかろうばってん、二つに増えればそうはいかんたい。若木が育つ前に伐り尽くしてしまうことになるかもわからん」

「そら、えらいことですなあ」

「高岡屋さんの炭山じゃけん、おれたちがとやかく言う筋合いじゃなかばってん、この山で生きておるもんにとっては死活問題ばい」

「そのくらいのこと、高岡屋さんなら分かっておろうに」

「分かっておっても、お国のためにって言われりゃ、どうしようもなかとじゃろう。もしかしたら、自分の炭山であっても高岡屋さんの自由にはならんごとなっとるのかも知れんなあ」

源六にも、戦時下における国の政策がどういうものなのか、少しは分かりかけていた。

二つ目の炭窯が順調に製炭を始めた頃、源六は炭焼部隊の一員として満州出動を命ぜられた。兵士として出征する者はこの村でも多かったが、炭焼部隊は彼一人だけだったので大いに珍しがられた。

「おれがごたる炭焼師が持て囃されるごとなって、世の中どぎゃんなったとじゃろうね」

源六は、役場から慰問品としてわざわざ届けられた罐詰を鉈の端で切りながら、しんみりと言った。

「おれたちのことを、まるで国の宝のように言いよる。こぎゃんことがあって、ほんとによかとじゃろうか」

「今までよう働きもしたけん、悪かことも迷惑がかかることも何一つしたことがなかったですけん、世間の人たちもちっとは見直してくれたとですよ」

「まったくそぎゃんじゃろう。炭焼師ちゅうて、馬鹿にするもんはもうおらん。まるで日障に陽が当たったようなもんばい」

源六は、過ぎ去った三十数年のことを思い返していた。

罐詰の白桃を丼にあけると、甘い香りが広がった。

「子供どもには茶碗に取ってやれ」

物珍しげに見守っていたお浜に言った。石油ランプの下で一冊の漫画本を囲んでいた子供たちが、父親に呼ばれて囲炉裏端に集まって来た。

「凝煎《ぎょうせん》より甘かな」

常子が感嘆の声を上げた。今まで口にしたもので一番甘いものは、甘薯で作った水飴、凝煎だと思っていたのだから無理はなかった。その凝煎だって、二、三度口にしただけだった。

「おれたちがこぎゃんもんを食えるようになったんじゃ。お前たちがふとうなって炭を焼く頃にゃ、炭焼師もどぎゃん偉うなっておるか知れなあ」

平助が言った。

「おら今日、炭焼きがうまかっちゅうて、学校の先生に褒められたばい」

「うまかはずたい、おれが子じゃもん」

親も子も上機嫌だった。

源六は、村人たちの盛大な見送りを受けて、村を発った。お浜は村人たちに混って、誰憚ることなく「万歳、万歳」と、大声で叫んだ。


戦争は続いた。木炭増産運動は一層盛んになった。山村でも青壮年は次々と出征してしまったので、女子供が重要な働き手となった。専業者の窯のような大きなものではなかったが、あちこちに炭窯が築かれ、残された者の手によって製炭された。

用材林も薪炭林も、伐り尽くされていった。

しかし、銃後の守りも所詮は空しかった。木炭は油には敵わなかった。

源六は炭焼部隊として満州に渡ったのだが、現地召集を受け、復員してきたのは終戦の年の冬だった。

「ひどか伐り方をしたもんじゃ。途中の山を見て想像はしとったばってん。お前どももきつかったじゃろうね、これだけの山を伐って炭を焼いたのじゃけん」

北岳の炭山に帰ってきた源六は、無念そうに山を見渡していたが、お浜や子供たちには労いの言葉をかけた。

「おどんたちは言わるるままに焼くほかなく、高岡屋さんもお国の命令ちゅうことでどぎゃんもならんだったようですたい。戦地からようよう戻って来なすったのに、すまんことです」

お浜は、炭山を濫伐したのは自分の責任でもあるかのように詫びた。

「まあよかたい。空襲で焼けた街に比べりゃ、山はまだ緑たい。女子供じゃ伐れんじゃった足場の悪かところにはまだ残っておるようじゃし、若木も追々育ってくるじゃろう」

源六は自らを慰めているようだった。

二つあった炭窯のうち一つは、既に崩れ落ちていて使いものにならなかった。あとの一つもあちこちに赤土を塗った補修の跡が残っており、かなり傷んでいた。新しく築き直すまでは、残された炭窯に修理を加えて焼くほかなかった。

赤土はお浜と平助が運んだ。痩せ細って帰ってきた源六には、尾根越えの労働は無理だった。赤土を捏ねる腕にも力が入らなかった。脂気のない手の甲は、捏ねた赤土でたちまちひび割れ、谷間を吹き上げてくる寒風に滲みた。指先のあかぎれには、お浜が春蘭を採ってきて、その球根を磨り潰して擦り込んでくれた。

薪炭材の激減は全国的な現象で、それに労働力の不足も相俟って、戦後の木炭事情は極度に悪化していた。

源六の炭焼小屋にも、どこで聞いてくるのか、買い出しの人が訪ねてきた。近隣の町だけでなく隣郡あたりからもやって来た。しかし、戦後も木炭統制は続いており、横流しは禁ぜられていた。それに、高岡屋に雇われて焼いているのだから源六の自由になる木炭があるわけではないし、製炭量も少なく、横流ししたくてもできるものではなかった。その代わり、余程困っていそうな人には、土混りの粉炭を持たせてやった。粉炭といえども貴重な燃料には違いなく、交換用に持参した衣類等を置いていく者もあり、結構感謝された。

源六は体力が完全に回復すると、炭木の伐採、製炭の合間をみて、新しい炭窯造りを始めた。長男の平助と次男の松吉に築窯の要領を教え込みたかったので、崩れ落ちた窯は利用せず、基礎造りからやり直した。いずれ炭焼師になる子供たちにとっては、欠かすことのできない実習だった。子供たちもそれは心得ているようだった。

終戦三度目の冬までは、粉炭でもよいから分けてくれとやって来る人があったが、前年に比べればその数はめっきり減り、その次の冬には、源六の小屋を訪ねてくる人はなかった。

県道を喘ぎ喘ぎ走っていた木炭自動車の数が次第に減ってきた。代わって省営自動車が芳香のあるガソリンの排気を撒きながら走るようになった。

昭和二十五年三月、十年以上も続いてきた木炭の価格統制は解除された。

木炭が自由販売になったからといって、高岡屋に雇われて木炭を焼いている源六たちに恩恵がもたらされたわけではなかった。相変わらずわずかな焼賃で製炭しなければならなかったし、炭材の不足から製炭量は減る一方なので、受け取る賃金も減っていった。

出炭量の減少が炭材不足によるものであることは高岡屋は承知しているはずなのに、高岡屋からはこれといった沙汰はなかった。一つの炭山の炭材を焼き終えたら別の炭山を与える、これが手山製炭業者の炭焼師に対する不文律であり、高岡屋も数十年もの間それを守ってきた。源六は、現状を訴え、重ねて長男の平助が独立してもよい年頃になったので新しい炭山を与えて欲しいと頼み込んだ。しかし、いくら待っても別段の指示はなかった。

「おら、町に出て働くばい」

平助が口癖のように言うようになった。

「まあ、待て。そのうち高岡屋さんから色よか返事がくるはずじゃ」

源六はその度に息子を引き止めた。高岡屋が放っておくはずがなく、炭焼師になるのが食べていくための唯一の道だと信じているのだった。また、今平助に出て行かれては困るという事情もあった。北岳の炭山に残されている炭木は、炭窯から離れた足場の悪いところにしかなく、それを伐採するのも大変なら炭窯まで運ぶのも手間がかかった。平助と松吉の手がなければ、一月に一窯も焼くことはできないだろう。既に新制中学を卒業している常子も初めのうちは炭材運びを手伝っていたが、県道に沿って流れる大川の砂防工事が始まると、そちらの方へ働きに出ていた。戦後生まれた三男の義男ですら焚付けにする杉の枯葉拾いを手伝った。炭焼一家にとってそれぞれが重要な働き手だったのである。

梅雨の晴れ間を縫うようにして、高岡屋の番頭が若い者を一人伴ってやって来た時、源六は炭木を一メートル程の寸法に伐り揃えていた。

「今年の梅雨も、よう降ったなあ。あちこちで大分被害が出ているようじゃが、ここは何事もなくよかったたい」

番頭は積み上げた炭木の上に腰を下ろし、世間話から始めた。

「きたなかところですばってん、お茶でも淹れさせますけん」

源六は小屋の中に招じ入れようとしたが、

「ここの方が風が気持ちよか」

番頭は炭木の上から動かなかった。その様子から重大な話を持ってきていることは明らかだった。

またそうでなければ、番頭がわざわざ出向いてくるはずもなかった。

「若木が育つのは、まだまだ先のことじゃのう」

番頭は炭山を見渡しながら、漸く口を開いた。

伐り株から再び生えてきた若木は二メートル以上に育っているものもあったが、幹はまだ細く、炭材にはならなかった。

「早う育ってくれておれば問題はなかったのじゃが」

番頭が言い辛そうに言うと、源六の顔が一瞬緊張した。

「若木も、ふとかところは伐りおりもすばい」

「焼けてくる炭を見れば、そのくらいのことは分かるたい」

番頭は、雨に洗われて一層緑を濃くした炭山から目を離さずに言った。

「それですけん、北岳の山もそろそろ終わりですばい。前々から言うておりますばってん、この辺で別の炭山をお世話してもらおうと思うておりもす」

「実はな、今日はそのことで来たとたい。お前さんが長い間よう働き、よか炭を焼いてくれたことは、旦那さんも承知しておりなさる。それで、北岳に代わる炭山はなかかと手を尽くしてみたばってん、改めて入ってもらう炭山が見つからんとたい」

「ほかに炭山がなかちゅうてな。高岡屋さんは県でも指折りの炭山持ちばい、そぎゃんことはなかろう」

　源六は納得できなかった。

「山はあるばってん、炭になる木が生えておらんたい。お前さんも知っての通り、戦争中に無理して伐ってしもうたけん、若木が育つ暇がなかとたい。どこの炭山もここと同じたい」

「そうすると、もう炭は焼かんでもよかちゅうことじゃろうか」

「炭が売れれば借金してでも炭山を買う旦那さんばってん。炭が売れんことには、無理して炭を焼く必要もなかし、山を買う銭も入らん」

「炭が売れんなんて、そぎゃんことが」

　源六は絶句した。

「山におるお前さんは知らんかもしれんが、炭は全国的にだぶついてきて、高岡屋でも焼き出される炭は少なかとに倉庫は満杯たい」

　源六には信じられなかった。

「都会では炭を使う家は少のうなっとるげな。ガスやら石油やら電気で飯を炊いとるちゅう話たい。町でも炬燵に電熱器を入れておる者がおるほどじゃ」

　立場こそ違え、高岡屋で四十年も木炭と共に生きてきた番頭にとって、木炭の重要性が薄らいでいくのは辛いことに違いなく、話しぶりにも力がなかった。

「自動車も、この頃じゃもう炭で走りおらんもんなあ」

源六はぼそりと言った。

「製材所の発動機も石油で動きよる」

番頭は、投げ遣るように言った。

文化生活を口にする人々は、不便で不経済な固体燃料にそっぽを向き、電気や液体・気体燃料を求めるようになった。日本の経済、技術等はその要求を十分に充たすほどに成長していた。

「要するに、炭焼きじゃもう食うていけんちゅうことですな」

「言うてしまえば、そう言うことたい。炭に頼っておっては食うていけんごとなるとは、高岡屋でも同じことたい。そこで木材の方にも手を広げることになり、炭木を伐ってしもうた山は造林することになったんじゃ」

「それじゃ、この北岳も」

「造林に決まったばい」

「そうな」

源六にはもう反駁する力も残っていなかった。

「ま、今すぐとゆうわけではなかたい。今年一杯は残っておる木を焼いてもろうて、造林に入るのは来年早々たい」

「今年一杯」

「そこで旦那さんからの言付けじゃがのう。お前さんがよかればの話じゃが、造林の仕事をやってもろうてはどうかちゅうことたい。造林には人出が要るけん、お前さんの息子たちにも働いてもろうてよか」

源六にも高岡屋の精一杯の好意は分かったが、どう返事してよいのか言葉に窮した。

「よう考えてから決めればよかたい」

番頭はそう言い置いて、山を下りて行った。

その夜、源六はお浜や子供たちに事情を説明した。

「それで、おどんたちはどぎゃんするとですな」

お浜は、半分泣き顔になっていた。

「高岡屋さんがあぎゃん様子なら、炭を焼かせてくるるところは探してもなかろうたい。どぎゃんすればよかろかない」

源六には思案する気力もなかった。

「おら、やっぱり町に出て、トラックの仲仕になるばい」

平助が言った。

「二、三年も仲仕をすれば、運転免許が取れるげなで」

前々から言い張っていたことを繰り返した。

「よかたい、町に出れ。新しか炭山は見込みがのうなったけん、ここで待っておっても仕様がなか。仲仕にでも運転手にでもなるたい」

源六にはもう、平助を止めだてする理由はなかった。

「銭を稼げるようになったら、みんなはおれが養うけん」

「馬鹿たれ、人ひとり養うとがどぎゃんもんか、そのうち分かるたい」

源六は淋しそうに笑った。

一日置いて平助は山を出て行き、町の材木店の住込み仲仕となった。その平助が一カ月も経たないうちに戻ってきて、よい働き口があるからと言って、弟の松吉を連れて行った。

「炭は母さんと二人で、ぼちぼち焼くけん心配なか。なあに、あと半年の辛抱たい」

親を残して町へ出たものかどうか迷っている松吉に、源六は努めて明るい笑顔をつくった。

「お前さん、常子も出て行きもしたばい」

数日後、炭木の伐採から帰って来た源六に、お浜が申し訳なさそうに告げた。

常子は、砂防工事の現場で知り合った男の子を宿し、その男の許へ走ったのだった。

「祝言もせんとか、常子どもは」

「明日には関西に行くけん、その暇はなかとですげな。なんの、腹のふとうなったもんで、お前さんに叱らるると思うたとでしゅう」

「関西へ行くってか」

「ふとか道路工事があるとですげな」

「真似事でもすればよかとに。着物の一枚もつくってやったとに」

「おどんが着物を持たせてやりもした。以前、炭を買い出しに来た人が置いていったとがありもしたけん」

源六は応えず、それっきり黙ってしまった。

末子の義男が小魚を釣って帰って来た。

「よう釣れたね。煮てやるけんね」

お浜は、小枝に刺した小魚を受け取りながら、義男の頭を撫でた。

「雨が降ったあとは、水が増えとるけん、気をつけにゃいけんぞ」

源六も義男の頭を撫で、

「風呂の水でも汲むか」

と、桶を持って谷へ下りて行った。

長く続いた残暑が終わると、秋は急速に訪れた。

「暮れまでには、あと一窯焼くとがやっとじゃろうな」

焼き上がった木炭を窯から出しながら、源六は言った。

「炭木を運び出すとに手間隙がかかりもすけんね」

源六の手から木炭を受け取りながら、お浜は相槌を打った。

山を出て行った子供たちは、一度も帰って来なかった。

最後の一窯分の炭材を運び終えたのは、予想した通り師走に入ってからであった。寸法に伐り揃え、窯の中に詰め終わる頃には年の瀬は目前に迫っていた。

「握り飯をつくってきもしたばい」

窯口で焚き続ける源六のうしろに、丼に盛った握り飯とお茶の入った薬罐を持ったお浜が立っていた。

「丁度腹が減ってきたところじゃった。お前もそこに座らんかい、今夜は殊に冷えるようじゃ」

源六は、窯口の前に筵を広げた。

「ちらちら舞いだしたようですばい」

「暮のうちに雪が降るとは珍しか」

暗闇を透かすようにして見ると、舞い落ちる雪が窯口の焚火明りに照らし出されていた。

二人は並んで腰を下ろした。

「いよいよ、この窯で最後たい」

源六は、小割りにした薪を続けて窯口に放り込んだ。お浜も投げ入れた。火の粉が上がり、勢いよく燃え始めた。

「炭焼きも終わりたい」

「じゃ、造林の仕事を」

「ほかに食う道がなかけん、仕様がなかたい」

「おどんは構わんですばい」

「義男がふとうなって、親許を離るるまでは頑張らにゃならんたい」

源六は、造林の仕事をすることに漸く決心がついたらしかった。

「寒かけん、戻らんかい」

「もうちょっとおりもす」

「夜通し焚かねばならんで」

「今夜どま、おどんも一緒におりもす」

「ま、よかたい、好きにするたい」

夜が白みかけた頃、炭窯の煙突から勢いよく煙が立ち昇り始めた。

（了）

# あとがき

『小山勝清小伝』は、平成十五年五月から十月まで『人吉新聞』に連載したものである。連載終了時の「あとがき」の中に本文と関連する箇所もあるので、その一部を再録する。

★

父の生涯の終盤二十年を書いていると、遠い記憶は懐かしく、記憶が新しくなるにしたがって切ない気持ちになることも多くなった。過ぎ去った日々の思い出に浸っているうちに、ついつい酒に手が伸び、酒量が少々増えてしまったようだ。父の歳にはまだ一年足りないが、馬齢を重ねるうちに酒歴ばかりが父を越してしまった。父は晩年の数年間は、あれほど好きだった酒を一滴も飲むことができなかったが、それに引きかえ私は、高血圧症で世話になっている医者に心筋梗塞、不整脈、脳梗塞など恐ろしげな医学用語で脅されながらも、肝臓だけは頑丈であると太鼓判を押されているので、当面の心配は無用で心置きなく杯を重ねている。父が、自分が飲むはずだった分を私に回してくれたのだろう。

父の少年期、青年期は波乱に満ちていて、書くほうも読み手側も痛快で面白いに違いないが、その時期のことは幾人かの方が書いてくれているので、私は自分自身が日常的に接してきた父を書くことにした。そうなると記憶だけが頼りなので、必然的に記憶が割りと鮮明な晩年に至る二十年間を描くことになったのである。そうはいっても、遠くは六十年も昔の記憶を辿ることになるので、記憶がやや曖昧になっていたり、書き終わった時期の出来事をあとから思い出すこともあった。

表題に「小伝」とつけたが、厳密な意味での伝記ではなく、随筆といったほうが適切であった。伝記ならば資料で裏付けをし、私が関わっていなかったことなども補足しなければならないのだが、そうした作業を加えると「つくり話」になるおそれが多分にあるので、あえて記憶のみに頼ったわけである。昭和三十年以降はダイアリー式の手帳にメモ書きしてあったので、日付などは参考にできた。

父が碑文に選んだ一文は「山はほらあなである」であるが、父は同時期に次の詩も遺している。

山は心のふるさと
また山の歴史は
人間の心の歴史
山のくらやみは

心のくらやみ
くらやみの底に
山の秘密がある
化物がいる
妖怪がいる
やさしい姫がいる
何億年の人間のくらしが
そのままにひそんでいる

この詩は、父がその確立を希った「民俗主義文学論」の理念に通じるものだが、「山はほらあなである」の意味を解く鍵になるとも考えられる。すなわち、「山」は父にとっての故郷の意であり、「ほらあな」は妖怪が棲む洞窟というふうに読み取れるのである。

両側面に山が迫る球磨川沿いの道を遡ると、急に空間が開ける。そこが父が生まれ育った球磨・人吉盆地で、日が暮れてからはまるで巨大なほらあなそのものに見える。父は人生に疲れると安らぎを求めてこのほらあなに帰り、仲間たちに囲まれて傷を癒した。私は、父はもともとはこのほらあなの妖怪のひとりだったのではないかと思い始めている。そうだとすれば、球磨・人吉に住んでいる人たちの何人かは妖怪ということになるが、私はその通りだと思う。父妖怪は余命いくばくもないことを察したとき、ほらあなの妖怪仲間の許で最期を迎えたいと希い、最後の力を振り絞って帰郷し、その希いを果たしたのである。

妖怪は元は神だった、と民俗学者の柳田国男氏は述べている。人々の尊敬を受け、親しまれていた神々だったが、文明が進むにしたがっていつしか神であることが忘れられてしまった。人々に忘れられた神々は尊厳を失い、恐ろしげな容貌の妖怪に身をやつしてしまったのである。妖怪の姿のいくつかは今も語り継がれているが、もともと神には姿などなかったのだから、人間の姿形をした妖怪がいても不思議ではない。その妖怪たちは人語のほかに妖怪語を話すに違いないが、それは妖怪仲間にしか通じない。父はその妖怪語によって幾度も励まされ、そしてその声を聴きながら安らかな眠りに就いたのだった。

父と縁のあった方々も、大方は世を去ってしまった。一時期の父には重要な存在であった方の訃報も、執筆中に伝え聞いた。その人しか知り得なかった父のことをいつかは聞いてみたいと思っていたが、その機会は失われてしまった。かくして、父のことを記憶している人はずいぶんと少なくなってしまった。

★

一応年月を追って書いたのだが、遠くに離れ離れに暮らしていた頃のことは当然のことながら抜け落ちている。実は離れて暮らしていた月日のほうが多いのだが、その間は手紙をやりとりしていたので、私にとっては父は常に身近な存在だった。父に貰った書簡は、平成十三年にこれも『人吉新聞』に連載し、翌年単行本（『父から息子へ』文芸社刊）にしたので、併せて読んでいただければ空白の期間は随分と埋まることになる。

「小伝」を書くきっかけを与えてくれたのは、人吉在住の旧友岩本泰典君で、新聞連載の段取りも彼がすべてやってくれた。恩師の渋谷敦先生や高校の同期生、親戚の者たちは声援を送ってくれた。また、出版を快く引き受けてくれた五曜書房の社長日吉尚孝氏と編集担当の近江みどり氏など、みなさんに心から礼を述べたい。

ただ心残りでならないのは、私の膝の上に愛鳥の文鳥がいないことである。名はボスというが、前回の新聞連載のときも今回のときも、ボスは私の膝の上か掌の中にいて、私を励まし続けてくれ、私にとってはかけがえのない相棒だった。机の上の紙をくわえて遊ぶのが好きだったが、仕事で使う辞書や用紙には決していたずらをしなかった。ただ一度『父から息子へ』ができてきたときは、まるで本の完成を喜ぶかのように表紙やらページの端やらをいつまでもつつき回していた。『小山勝清小伝』ができてきたらきっと同じことをするだろうと、その様を心に描きながら著者校正を始めた。初校が終わり再校の直前になって、ボスが急に元気を失ってしまった。私は校正を続ける気力も失せ、ボスを抱き続けていたが、十日後の一月二十日、ボスは私に抱かれたまま逝ってしまった。

著者校正が遅れ、出版社には迷惑をかけてしまった。

『木の道』と『日障』は旧作だが、「小伝」の分量の関係で加えることにした。

平成十六年一月二十三日

小山勝樹

## 著者経歴

昭和10年9月13日、東京生れ。小山勝清の長男。
19年1月、父母の郷里熊本県球磨郡に疎開。
熊本県立人吉高校、国学院大学史学科卒業。
昭和46年から平成5年までTBSブリタニカに勤務。
千葉県松戸市小金原に在住。

**小山勝清小伝・他2編**

2004年3月6日　初版

著　者　小山勝樹
発行人　日吉尚孝
発行所　株式会社五曜書房
〒101-0065　東京都千代田区西神田2-4-1　東方学会本館3F
電話（03）3265-0431
振替00130-6-188011
発売元　株式会社星雲社
印刷・製本　株式会社太平印刷社
ISBN 4-434-04132-0
定価はカバーに表示してあります。落丁・乱丁本はお取替えいたします。

## 五曜書房の本

### 漢字文化圏の座標

儒教、仏教、道教の三教を視点においた著者の斬新でかつ独自の視点から考察した漢字文化圏の思想・宗教論文等二七編を収録。

福井文雅著
A5判　六八八頁
本体一六五〇〇円＋税

### 敦煌文献と中国文学

中国中世俗文学の先駆者である著者の未刊行の論文十七篇を収録。

金岡照光著
A5判　三八四頁
本体一三五〇〇円＋税

### 東方学の新視点

アジア的価値観が見直されている昨今、その根底にある儒教、仏教、道教に加え、中国学、仏教学、東南アジア学を含む東方研究の成果をもとに、アジア文化の根幹となる宗教が今後の東方学のなかでどのような意義をもつのか、本書は十八名の研究者によりその具体的な研究成果を示す。

**執筆者　福井文雅、山田利明、田中文雄、丸山　宏、デレアヌ　フロリン、前田繁樹、二階堂善弘、石井公成、森由利亜、土屋昌明、菊地章太、明神洋、垣内景子、山田　均、浅野春二、三田村圭子、吉村　誠、石合　香**

責任編集　福井文雅
A5判　六一六頁
定価（一一五〇〇円＋税）

### 「気」の思想から見る道教の房中術

房中術は本来儒家も公認した公開的なものでありながら、卑猥なもの、道教と密着したものという大きな誤解から、儒家から排撃され、道教が取り入れたものである。房中術とは宗教的な救済再生の技法として継承されたものであることを明らかにする。

坂出祥伸
梅川純代　著
四六判　二七〇頁
本体　二三八〇円＋税